MA FEMME ÉCRIT

JONATHAN ZACCAÏ

MA FEMME ÉCRIT

roman

BERNARD GRASSET
PARIS

Photo de la bande : JF Paga

ISBN : 978-2-246-82546-3

Les zombies se rapprochent, sanguinolents, et explosent sous les tirs de son canon laser. Bientôt, ils sont trop nombreux pour résister à leur assaut et la partie est déjà finie. Nous avons emmené notre fils à La Tête dans les nuages, la salle de jeux vidéo près d'Opéra, pour éviter qu'il passe sa journée sur son portable. Même si cela se rapproche de son addiction aux écrans, on l'a sorti de l'appartement. Ma femme, elle, essaye désespérément d'attraper des peluches de lapins avec des pinces géantes.

Il y a trois ans, quand je suis revenu à la maison, nous avons mis du temps à nous retrouver, elle et moi. Notre relation avait démarré là où d'autres finissent, avec beaucoup d'engueulades, et nous avions eu la force de la recommencer là où d'autres s'achèvent souvent, par un adultère. Nous ne nous sommes jamais aimés aveuglément. Notre histoire est celle de deux architectes qui se disputent les plans de la maison mais n'ont aucune envie d'abandonner le projet. Depuis mon retour, nous nous sommes reconstruits. Et même si je rêvais d'une histoire d'amour idéale, sans heurts, d'un objet parfait, ce que nous sommes devenus me réjouit. Un couple avec une histoire.

Je me suis accordé trois mois de pause pour écrire un roman sur la vie de ma mère, peintre méconnue. Cela fait des années que j'y pense, depuis sa disparition. *Disparition…* Peu de mots expriment à ce point notre impuissance, comme si la langue essayait elle aussi de ne pas perdre la face.

Lundi matin, Samuel est à l'école, l'appartement paraît vide. Nous sommes, ma femme et moi, comme deux étrangers en visite dans un nouveau pays. En tournage six mois de l'année, et soudain, cette proximité retrouvée, comme si l'on s'apprivoisait à nouveau. Nous faisons l'amour pour créer de l'activité dans une journée sans agenda.

Plus tard, à la Fnac, j'essaye de comprendre ce qui distingue les Go des MHz et le type de stockage HDD quand un jeune vendeur geek vient m'expliquer les différences entre les Mac exposés. Très vite, il n'est plus qu'un visage avec une bouche qui bouge, je ne l'entends plus, je pense à mon fils, à ma femme et moi faisant l'amour, à mon envie d'écrire sur ma mère. Le vendeur s'agite et claque des doigts devant mon regard absent.

— Monsieur ! Monsieur ! Je suis là.

Faisant mine de l'avoir écouté, je choisis un Mac au hasard et repars en l'emportant sous le bras, comme un homme qui s'achète un chiot et projette tout ce qu'il va vivre en sa compagnie.

Chaque matin, dans le dressing, j'enfile un jean taille 31 en rentrant mon bide de 32 contrarié. Ma femme est au téléphone et il me semble l'entendre prononcer le prénom de ma mère. Ou alors je l'ai rêvé ? Quand je la rejoins dans le salon, ses mains sont sagement posées sur son clavier, comme une soliste de piano avant un concert. Elle me sourit de toutes ses dents parfaitement alignées et se concentre à nouveau en tirant sur sa fine clope électronique. Ma femme écrit un scénario, et refuse avec obstination de m'en parler.

Plus tard, dans les rayons du Monoprix, mon regard se pose sur son cul plat de Japonaise pendant qu'elle pousse le caddie. Quelques paquets de Krisprolls, du fromage de chèvre zéro pour cent, nous aimons faire les courses ensemble. Ma gourmandise est associée à une obsession maladive des régimes. L'idée étant de sélectionner le plus d'aliments me permettant de me gaver sans grossir. Une envie de se mentir à soi-même, comme ce moment où l'on mange un carré de chocolat avec le sentiment qu'il nous épargnera, qu'il se nichera subrepticement dans le triangle des Bermudes de notre corps. Il faudrait peut-être que j'en parle à ma psy, de cette manie d'observer mon ventre dans chaque miroir que je croise, comme si d'une heure à l'autre, il pouvait se modifier. Hier, une locataire m'a surpris le tee-shirt levé devant le miroir du hall, fixant mon bide. J'ai souri bêtement et elle a fait mine de ne rien voir en me passant devant.

Ma femme abandonne le caddie au milieu du rayon viandes pour répondre à un appel. Je prends le relais, elle accélère le pas vers les surgelés et jette un paquet d'épinards dans le caddie, portable collé à l'oreille. Ma filature est vite repérée mais j'en suis sûr, elle a encore prononcé le prénom de ma mère. Elle qui l'admirait tant. À la caisse, en payant, ses doigts à peine recroquevillés par les rhumatismes me rappellent soudain ceux de sa mère à elle, refermés vers l'intérieur, comme les pinces d'un crabe qui voudrait tout attraper. Cela fait partie de notre rituel, d'appuyer sur nos points faibles et donc sur nos mères. Il lui arrive d'évoquer le rapport dysfonctionnel que j'avais avec la mienne, la violence quotidienne avec laquelle on pouvait s'engueuler, avant de tout se pardonner instantanément en tombant dans les bras l'un de l'autre. Mes accès de colère qui la faisaient rire et dont elle était cliente. Nous n'avions aucune limite, testant avec jubilation les pires insultes pour voir jusqu'où l'autre pourrait les encaisser. Une relation passionnelle. Ma femme se sentait exclue et elle en était jalouse. Pourtant, il m'arrive de penser que si ma mère est morte, c'est par ma faute.

Cette fois je veux savoir. Samuel et ma femme endormis, j'entrouvre la porte de notre chambre et m'approche lentement du lit dans le noir, les bras en avant pour éviter les obstacles. Le scénario est posé sur sa table de chevet et, en le pinçant comme au mikado, je le tire doucement vers moi… quand ce con de chat entrouvre la porte qui se referme d'un claquement sonore. Elle allume sa lampe de chevet, paniquée, et me découvre à quatre pattes au pied du lit, faisant mine de chercher mon chargeur sur la moquette. Elle est à moitié endormie et je me glisse en traître sous la couette… quand ce con de chat réapparaît et me fixe de ses yeux de djihadiste. Elle est convaincue que l'on ne peut rien apprendre à cette bête et qu'il ne faut même pas essayer. Et moi qui tente de le dresser avec la fermeté d'un caporal. L'insistance du regard de Groopie me fait chavirer à nouveau. Est-ce de la sagesse ou de la bêtise ? Et à quel point les deux sont-elles liées ? Ne jamais me voir comme une menace, telle est sa devise. Quel bonheur de ne pas identifier ses ennemis et de les redécouvrir à chaque fois avec une innocence enfantine. Ce chat est une machine de guerre. Il n'intègre rien. Grande leçon de combativité. Pour qui n'assimile rien, rien n'est impossible.

Le matin, sur l'appli « Mes amis », mes yeux sont rivés sur le parcours saccadé de l'émoticône de Samuel allant à l'école. Merveille de la technologie qui nous permet d'espionner nos proches. L'émoticône à couettes de ma femme est en chemin pour son cours de yoga du mardi matin. Je le cherche sous le lit, dans l'armoire de l'entrée, entre ses piles de tee-shirts, dans les valises vides, mais aucune trace du scénario. Pourquoi disparaît-il de sa table de chevet une fois le jour levé ? Plus j'y pense et plus notre appartement me fait penser à une scène de crime sur laquelle il faudrait retrouver le corps. Son ordinateur est sur la table, écran ouvert, fier comme un premier de classe qui nargue son camarade cancre. Après avoir tapé son code habituel « maman », j'essaye « poulet », « Samuel », « pomme », mais aucun ne marche. Après avoir tenté « bite » par désespoir, j'abdique. Elle a changé son code. Essaye-t-elle d'effacer les traces comme Nordahl Lelandais lavant sa voiture le lendemain de son crime ? En détruisant les indices de son acte sauvage, il en faisait pourtant l'aveu. C'est exactement ce qu'elle est en train de faire en dissimulant son scénario. Et pourquoi ai-je tant envie de savoir de quoi il parle alors que ce qu'elle écrit me laisse en général indifférent ? Mon esprit d'analyse envisage tout, et surtout le pire. « C'est dans votre ADN », m'a dit ma psy.

— Votre grand-père a été déporté. Il n'y a qu'une génération entre vous et lui. L'angoisse de la guerre, la déportation, les rafles, les planques, tout est gravé en vous. Depuis la naissance.

Une rue déserte et la première silhouette au loin est déjà une menace potentielle. La proximité d'un inconnu dans un ascenseur et l'appréhension d'un coup de couteau en plein flanc. Programmé pour la guerre, un Rambo du VIIe arrondissement. Et aujourd'hui, plus qu'une seule crainte : que l'ennemi soit dans mon lit.

Dans les allées du cimetière du Montparnasse, sur un banc, deux ados se roulent des pelles en apnée. Le vent balaye les feuilles dans les arbres. Je caresse le faux marbre que j'ai pu lui payer et me console en me disant qu'elle est enterrée parmi tous les grands noms qu'elle aimait tant. Gainsbourg à deux cents mètres. Duras, sur l'allée de droite, juste avant la sortie. Sartre je ne sais pas, sûrement à l'ombre, avec Beauvoir. Baudelaire proche du chat de Niki de Saint Phalle et pas loin de Jean Seberg. Elle n'a jamais fréquenté ce monde qu'à travers les magazines. Combien de fois m'a-t-elle parlé de l'histoire d'amour entre Delon et Romy, n'oubliant jamais de rappeler que Romy ne s'en était jamais remise, « Elle l'aimait à en crever ! » répétait-elle comme si j'y pouvais quelque chose. « Quand tu le vois dans *La Piscine*, le film de Jacques Deray, comment veux-tu résister à cet homme... Delon enfin ! Il y a des amours dont on ne se remet jamais ! » Elle avait cette attirance pour les hommes à l'ancienne. Les cheveux gominés, la nonchalance, l'assurance de la réussite, la séduction, le charme, et même un petit côté gangster. Comme son amoureux grutier qu'elle allait récupérer dans les bars et qu'elle ramenait titubant jusqu'à son deux-pièces boulevard Malesherbes. Il prétendait qu'il y avait deux personnes en elle : la femme et la peintre, en profitant pour s'adresser avec familiarité à la femme et aduler la peintre, comme une icône. Elle était partagée entre son envie de jouer la femme au foyer et son besoin de ne pas perdre une minute de travail dans son atelier pour faire reconnaître son œuvre.

Quand elle me l'avait présenté pour la première fois, devant sa télé, assis à la table ronde de son petit salon, la bouche fuyante, les yeux bleus perçants, il avait dit à ma mère, de sa voix éraillée :

— Il faudra que tu m'expliques comment t'as fait pour le faire aussi beau !

— Salopard ! lui avait-elle répondu de la cuisine en sortant la dinde du four.

Déjà bien bourré, il m'avait répété comme un fanatique : « Je l'aime ta mère… ta mère ! Je l'aime ! », me serrant la main jusqu'à la broyer, comme s'il fallait absolument m'en persuader. Il m'avait ensuite demandé si cela ne m'ennuyait pas qu'elle soit avec un grutier, après avoir été avec mon père,

« l'architecte ! ». Quand il m'entendit lui répondre qu'elle était libre d'aimer qui elle voulait, tanguant sous les effets de l'alcool, regardant ma mère déposer le plat à table, il s'était mis à répéter : « T'as entendu ce qu'il a dit ton fils ? Qu'il acceptait Paul. Il accepte Paul, t'as entendu ? Il accepte Paul je te dis ! Il accepte le grutier ! » Elle nous avait servi des tranches de dinde en lui demandant d'arrêter de se déprécier, me précisant avec fierté qu'il avait été l'un des dix grutiers à construire La Défense et qu'il grimpait sur sa grue comme les Indiens sur les gratte-ciel, à New York. Plus tard, il m'avait demandé de l'accompagner pour faire la tournée des bars. Ma mère m'avait alors lancé un regard qui en dit long, je ne pouvais pas y échapper. Nous étions rentrés complètement bourrés, surtout moi, et rampions jusqu'au canapé-lit du salon, réveillant ma mère qui, après nous avoir engueulés, avait menacé de se suicider, me contraignant à faire le tour de la table du salon, en titubant, pour l'empêcher d'appeler le Samu et lui prouver que ma cuite était loin d'un coma éthylique.

En relisant les lettres d'or sur la pierre, son nom me fait l'effet d'une actrice dans le générique d'un film posthume, je lui parle secrètement de mon projet de roman, en imaginant sa réponse. Surdimensionnée, excessive, comme toujours. Cela me fait sourire, la froideur de cette dalle qui cache tant de vie. Et comme un archéologue du quotidien, je me prépare à une mission intime, la reconstruire.

Sur une tombe voisine, une vieille femme échange son bouquet de fleurs avec celui qui fanait dans le vase, elle a des reflets violets dans ses cheveux blancs, comme Gina Lollobrigida, la fée dans *Pinocchio* de Comencini. Elle se retourne vers moi et me sourit, probablement parce que l'on est voisins de tombes. Je lui souris à mon tour et elle se détourne pour reprendre son dialogue silencieux.

Le vent s'est levé dans le cimetière du Montparnasse. Les arbres se courbent tous dans la même direction, les branches jointes et penchées sur le côté.

Il faut que je masse ma femme avec assez d'énergie et de patience pour la ramollir, et comme un poulet bien huilé que l'on met dans le four, qu'elle s'endorme sous sa couette. Ma femme me remercie et sombre presque instantanément. Je furète sur Instagram et fais tourner les images comme dans un manège virtuel. J'ai beau savoir que ce n'est qu'une illusion, j'y crois toujours un peu, que tous ces inconnus vivent avec le regret de ne pas m'avoir parmi eux. Même devant un cliché de Brad Pitt, il m'arrive de penser qu'il me cherche du regard, comme un ami imaginaire. Et plus je furète et plus mon absence se fait ressentir, au G7, à la Maison Blanche, cela se distille, Ricky Gervais faisant son discours aux Golden Globes et les rires résonnent soudain pour moi. Je salue mon public en décollant ma tête de l'oreiller, dans le noir, en même temps que Ricky. Derrière l'écran de mon portable, mon absence pèse lourd sur le monde.

Ou est-ce le monde qui s'est rétracté au point de s'introduire dans mon lit comme un petit homme frêle et chétif ? Face aux images d'Instagram, je suis un grand homme en exil, vivant dans les coulisses d'une absence remarquable. Et ce livre sur ma mère est l'occasion de sortir de l'ombre. D'exister vraiment. De jouer au jeu de la postérité avec ma mère comme seul poulain.

Groopie est surpris de me voir arriver dans le salon, il a l'air de me demander s'il peut prendre ma place dans le lit conjugal. Je ne suis plus son maître sévère de la fin de journée mais le disciple désireux d'apprendre. Je prends sa tête entre mes mains. Qu'as-tu à me livrer comme sages conseils, ô toi Groopie qui règne dans cet appartement comme dans un royaume plein de secrets. Il a l'air si humain et son miaulement se déploie en syllabes, il va y arriver, cela viendra probablement d'une envie de croquettes irrépressible. Il faudra peut-être le mettre à la diète pour accélérer son processus d'apprentissage. Affamé, perdu, son envie de survivre le conduira probablement jusqu'aux portes du langage, et dans un dernier souffle, il miaulera un miam de désespoir, un miam de victoire. Nous prendrons le temps de lui apprendre d'autres mots, il participera à des foires de toilettage qui le hisseront jusqu'au podium de la victoire, celui du premier chat parlant. Livré à la médecine, je pourrai enfin dormir en paix et ne pas être réveillé par le son de sa langue râpeuse contre son poil lisse. Et tandis que j'en suis à rêver de Groopie en chat parlant, son ronronnement m'accompagne dans l'obscurité du salon.

Le matin suivant, dans le salon, elle prend du temps pour ranger ses affaires, prépare son sac en y glissant son scénario, et j'en profite pour lui demander quel est le sujet de son film. Ses gestes sont concentrés sur son départ mais elle s'immobilise bientôt comme une condamnée apprenant sa sentence. Faisant mine de ne pas avoir pensé à m'en parler plus tôt, elle me précise avec enthousiasme que ma mère y est un personnage central. Elle s'est inspirée des six mois où elle était venue loger chez nous, déjà très malade. C'est un épisode marquant pour elle aussi, précise-t-elle, comme pour justifier sa part du gâteau. Mais je n'entends plus rien. Je la regarde. Avec sa grosse bouche pulpeuse que j'aime mais qui me paraît soudain ourlée de mépris.

Dix heures trente, elle me poignarde avec le sourire et me demande d'apprécier la forme de son couteau. Et je vais devoir l'inviter au restaurant, lui faire l'amour, l'aider à faire les courses, éduquer notre fils avec le sourire et l'envie de partager. Elle s'approche de moi, me dit qu'elle appréhendait pas mal ce moment et m'embrasse sur la bouche en me précisant que je suis un mec en or. La porte de l'appartement claque comme une détonation. Après m'avoir dépouillé sans que je ne lui oppose aucune résistance, elle ose me dire que je suis un mec en or… Ce n'est pas anodin, elle me décerne une médaille, la plus belle. Inconsciemment, elle est déjà rentrée dans la compétition.

Après tout, elle pourrait, comme un jeune virtuose apprenant Mozart avec la méthode Suzuki, retranscrire ma mère à merveille. Et qui criera au plagiat d'une inconnue ? Personne… Et, dans un monde où l'écrit perd du terrain, cela suffirait probablement à la faire connaître. Ma femme est claire là où je suis parfois confus et brouillon. Pourtant, j'ai l'impression que je pourrais écrire une œuvre majeure. Un génie est prisonnier en moi et je ne suis que son nègre, bien moins doué. Ou est-ce ma propre ambition artistique qui trouve ses limites ? Mon génie est ce que le langage est à mon chat : un miracle.

Le soir, en nuisette, après avoir fait son brushing comme pour se préparer à sortir, elle se dirige vers la chambre à coucher. Son pas est léger comme celui d'une biche, et sa bonne humeur me semble plus stratégique que spontanée. L'acuité de mon regard sur son corps est soudain plus critique. Ses orteils en forme de Barbapapa, la largeur de son dos de nageuse est-allemande, le bout de son nez en forme de couilles si on le regarde à l'envers, et enfin, la naissance d'un duvet qui annonce la moustache de sa grand-mère. Assis en tailleur sur le canapé du salon, comme David Carradine dans *Kung-Fu*, j'attends qu'elle s'endorme pour retourner dans notre chambre. Une fois dans le lit, elle dort la bouche ouverte, paisible, mon corps sue et les draps sont bientôt des sables mouvants dans lesquels il s'enfonce doucement. Nu, dégoulinant de sueur, longeant le corridor comme un fauve en chasse, mon regard se voile sur les gouttes de sueur qui forment un sillon m'éloignant de notre chambre. Elles me ramènent à l'origine de l'arnaque, quand les premières gouttes du liquide amniotique nous avaient annoncé le départ imminent pour la clinique. Devant l'arrivée de notre enfant, il y a douze ans, nous étions comme deux naufragés voyant une météorite arriver à toute vitesse sur leur île déserte, appréhendant le pire. Dans la voiture, elle me regardait alors démunie, jeune, innocente, espérant tout de moi. Et c'est dans ce regard que j'ai construit l'homme que je suis devenu. Aujourd'hui, nous sommes quittes et pouvons enfin nous affronter à armes égales.

Devant l'immeuble de ma psy, une jeune femme m'emboîte le pas et me demande de faire un selfie. Après avoir posé à ses côtés, elle me remercie et s'en va, souriante. Elle revient juste après me demander, confuse, de le recommencer, en m'exposant le selfie raté. Bizarre, son portable paraît neuf. Un peu agacé, je pose maintenant à sa droite, me forçant à sourire, comme le Joker. Sur la nouvelle photo, le halo de lumière s'est adapté à mon changement de position et masque à nouveau mon visage. Je refuse poliment de recommencer, compose le digicode de l'immeuble et la laisse dehors, dans l'incompréhension. J'éprouve toujours une forme de compassion pour les fans qui me demandent des selfies. Qu'ils me choisissent me laisse dubitatif.

Elle n'est pas remboursée par la Sécu et ses séances sont à cent cinquante euros l'heure. Françoise a la jeune soixantaine, un visage qui respire l'intelligence.

Elle porte une chemise qui laisse découvrir l'une de ses épaules. Son cabinet est assez petit mais une fenêtre donne sur la rue et il est très bien orienté. Un drap avec des motifs orientaux est posé sur le canapé. Elle est en face de moi, croise ses jambes et pose avec élégance ses mains sur ses genoux, me sourit. Son fils est assistant mise en scène et j'imagine qu'il me connaît, comme acteur, ou du moins, s'il ne connaît pas mon nom, il a déjà entendu parler de la série dans laquelle je joue. Même si je ne suis pas populaire, je suis reconnu. Ceux qui m'identifient clairement font une prouesse cinéphilique. Mais je sais qu'au fond, je suis écrivain et que ma vie sociale n'est qu'une couverture, un moyen de vivre aussi. Un jour, je vivrai d'une histoire intérieure, je me ferai du fric avec du rien, faisant de ce rien une exception, un livre.

— Votre mère, c'est vous. Elle passe par elle pour être incontournable à vos yeux. Elle sait qu'elle restera la dernière à l'avoir connue. Et si vous lui reprochez d'écrire sur votre mère, elle doit se dire que vous avez peut-être envie inconsciemment de rompre.

N'est-ce pas une technique commerçante de psy pour me rendre accro à ses séances ? Elle le sait, son patient égocentrique sera flatté de penser que le monde tourne autour de son nombril, que sa femme est sous son influence… Je vais forcément revenir la voir pour exister sous la lumière narcissique qu'elle seule pourra braquer sur moi. Mais elle me conseille de lire son scénario et de dédramatiser la situation. Son assurance à me parler de ma vie me semble soudain abusive. Après tout, les débordements ne sont-ils pas à l'origine des plus belles œuvres ? De celles qui n'auraient pas existé si l'artiste s'était raisonné ? Ma mère aurait craché à ses pieds, pour lui signifier son irrespect. Elle avait l'art d'être irrévérencieuse car la vérité exige très souvent l'irrévérence. Sans quoi, à force de penser aux autres, on devient les autres.

Quand la directrice du Centre Wallonie-Bruxelles avait découvert ses dessins de tortures représentant des enfants ligotés et surveillés par des chiens de garde, elle avait souhaité, sous le choc, qu'elle présente des dessins plus soft pour l'exposition. Scandalisée, ma mère avait refermé ses grandes fardes en claquant la porte du bureau, refusant tout compromis. En sortant du rendez-vous, nous nous étions promenés sur les quais et Paris ressemblait à un magasin trop cher pour nous. Après lui avoir conseillé de réfléchir à la promesse d'exposition et d'arrêter de se saboter, elle m'avait traité d'idiot, forcément trop jeune pour comprendre, changeant aussitôt de sujet. Elle n'avait pas dérogé et la directrice avait fini par céder.

Sans réfléchir, comme l'aurait probablement fait ma mère, je crache discrètement sur la moquette du cabinet. Françoise me voit faire, n'interprète pas cela comme un acte de rébellion et me demande si tout va bien. N'assumant pas mon acte, je précise que ma bouche est sèche et lui demande un verre d'eau pour justifier ma tentative de révolte avortée.

Quand j'arrive, elle est la psy qui me serre la main, et quand je sors, elle se montre plus commerçante et m'embrasse. Le contraire serait plus inattendu, plus spontané. Là, je le sais, c'est calculé. Mais après tout, pourquoi n'aurait-elle pas le droit d'attirer le chaland ? Une fois dans la rue, une affiche du prochain Brad Pitt, et dans son demi-sourire, de la nostalgie à mon endroit. Le monde est un grand dortoir dans lequel nous dormons tous côte à côte, Brad.

Le soir, bien installé sur le canapé, elle m'apporte une tisane et me propose de lire un extrait de son scénario, le manuscrit déjà ouvert entre les mains. Avant de commencer, elle le repose sur le canapé, boit une gorgée de sa tisane et le reprend, tout excitée.

Un personnage qui me ressemble sort d'un taxi en stationnement et récupère un déambulateur dans le coffre. Sortant à son tour de la voiture, une femme bien en chair, habillée d'un poncho, avec quelques cheveux restants sur le crâne, rejoint son fils, essoufflée, et tous deux se dirigent vers l'entrée de l'hôpital. Les mains tremblantes de ma femme sur son manuscrit trahissent son trac pendant la lecture. Son vernis à ongles rouge sombre me fait penser à du sang séché, celui qu'elle a déjà sur les mains. Nous les retrouvons assis dans le cabinet d'un éminent cancérologue qui consulte le dossier de la mère. Les deux attendent sa parole comme celle de l'Évangile. Il commence à parler, et soudain, sa langue sort de sa bouche, furtivement, comme celle d'un lézard, frétillante. Ils se regardent, surpris, pas certains d'avoir vu la même chose, essayant de rester concentrés sur les pronostics du grand professeur. Le docteur approuve le protocole de la mère avec gravité quand sa langue sort à nouveau de manière incontrôlée, ponctuant maintenant chacune de ses phrases. Les deux se tordent sur leurs chaises respectives pour ne pas craquer mais il est déjà trop tard et ils explosent de rire, incapables de se retenir. Le fils s'excuse comme il peut mais les derniers échanges avec le docteur pas rancunier se font dans l'hilarité. Une fois dehors, ils se regardent et pouffent à nouveau. Ma femme referme son scénario et après que je l'ai félicitée d'avoir si bien retranscrit cette séquence de ma vie, conformément aux conseils avisés de ma psy, elle me remercie avec la pudeur d'une Mariah Carey.

En arpentant le corridor de notre appartement, je revois celui sans fin de l'hôpital Tenon, en travaux à l'époque, ces trois années d'hôpital passées à ses côtés, cet éminent docteur que nous avions en effet rencontré pour un second avis et sa langue incontrôlable. Nos nombreux fous rires, d'autant plus jubilatoires qu'interdits. Sa merveilleuse incohérence. Ce jour où, avant de faire une radio, elle m'avait demandé de l'emmener ailleurs que dans cet hôpital d'incapables, inconsciente d'avoir les seins à l'air sur une civière devant les jeunes internes interloqués par la scène. Les infirmières à qui elle demandait parfois de poser à moitié nues, en cachette des internes, et à qui elle offrait par la suite leurs portraits. Sa foi en une future exposition, occultant sa fin proche dont elle était, à mon avis, totalement consciente. Toute sa vie, elle avait vécu dans l'illusion que sa peinture exigeait d'elle le sacrifice de son corps. Ce corps meurtri par les blessures indélébiles de l'enfance. Les dernières années, elle était devenue très grosse et nous encaissions les commentaires des gens dans la rue, faisant mine de ne pas entendre pour ne pas se battre en permanence. Elle me disait qu'elle avait trop d'eau dans son corps. Ma mère était une boule de chair remplie d'eau ; j'avais honte de son apparence et plus encore de ma honte. Je rêvais d'une mère avec qui me promener en toute quiétude, sans m'interroger sur ses réactions ou sur le regard des autres. J'aurais bien vendu son génie contre un peu de banalité facile. Mon rêve était de nous fondre dans la masse, disparaître. Combien de fois ai-je trouvé un prétexte pour rester à l'atelier, attendant inconsciemment sa mort, le jour où je pourrais enfin sortir en plein jour, sans honte. Notre relation était condamnée au vase clos, même si nous sortions parfois ensemble, au compte-gouttes. Très souvent au petit chinois d'à côté. Au moment du dessert, elle faisait cette grimace, prétextant un besoin de changer de goût, avant de commander des litchis. Elle en laissait toujours un dernier dans sa coupe, à contrecœur, montrant ainsi qu'elle faisait des efforts pour son régime. Aujourd'hui, je donnerais tant pour marcher avec elle dans la rue, sans but, aveugle à tous ces regards d'inconnus qui m'indiffèrent. La cruauté de ma lâcheté me saute au visage, trop tard, pour punir ma connerie. Même mon ambition de la faire exister aujourd'hui est empreinte de l'absence de son corps. Ne plus avoir à le porter en étendard, ne garder que le meilleur, comme un disciple hypocrite. Me pardonner en silence, lui rendre hommage et m'excuser de ma propre lâcheté envers elle. Lui dire en secret à quel point je l'ai aimée. Mal. Toutes ces heures perdues, main dans la main, à deux et sans crainte, resteront enfouies au fond de moi, avec ma douleur pour seule réponse. Je pourrais me dire qu'elle se foutait de ce que l'on pensait d'elle. Qu'elle avançait avec fougue. Qu'elle n'écoutait personne, comme une petite fille capricieuse, clamant son génie devant un galeriste avant même qu'il ait pu voir ses dessins. Aveugle et sourde aux refus, s'octroyant les pleins pouvoirs sans aucune solution de repli. Suicidaire. Cloîtrée dans l'atelier comme une ermite et créant pour les rares collectionneurs qui venaient piller son œuvre pour le plaisir bourgeois de leur salon. Les portraits de famille de son gynéco en échange de ses consultations, un dessin contre une couronne chez le dentiste, un croquis pour une semelle chez le cordonnier, un brouillon, un chemisier dans un magasin de fripes, un portrait de son conseiller de banque et son regard bovin pour augmenter le plafond de son négatif, un dessin retardant le paiement de son ardoise chez Hamid, l'épicier du coin avec qui elle faisait des commentaires sur chaque client sorti de l'épicerie, sa concierge portugaise qu'elle faisait défiler devant l'atelier, lui vantant son corps de mannequin d'un mètre cinquante pour qu'elle remette le monte-charge en marche durant le week-end et qu'elle n'ait pas à gravir les six étages sans fin de cette vieille usine, les portraits d'amis, et d'amis d'ami, ceux donnés aux serveurs et arrachés à même la nappe en papier, ou encore les portraits du caniche de Luce, la patronne du bar au coin de la rue Jules Vallès, qui faisait ses allers-retours sur le zinc, tous ont eu droit à leurs portraits bradés. Ce qui est certain, c'est que si elle avait su qu'elle me faisait honte, elle me l'aurait pardonné, parce qu'elle me pardonnait tout. Elle aurait abondé dans mon sens, dénigrant son apparence, me rappelant qu'elle avait mangé de la terre pendant la guerre et que son corps avait été mis à rude épreuve. Aujourd'hui, c'est moi qui ne me pardonne pas.

Les produits de beauté de ma femme trônent autour de l'évier de la salle de bains, Guerlain, Dior, toute l'arrogance du monde du luxe. Ma brosse à dents, seule dans un verre, me fait réaliser l'humilité de nomade avec laquelle j'occupe cet appartement.

Depuis toutes ces années, elle récolte mes souvenirs à la racine et enregistre probablement tout. Comment ne pas regretter chaque instant vécu à ses côtés comme autant de couleurs sur la palette d'un peintre. Les moments de partage montrent aujourd'hui leur vrai visage : des scènes de pillage d'une violence inouïe, celle d'une intimité bafouée. Faudra-t-il, à l'avenir, devenir neutre, jouer un double jeu au quotidien visant à être le plus chiant possible ? Non, rien, essayer de n'être rien. Exister sans exister. Détruire les souvenirs à la racine. Naviguer en sous-marin.

En entrant dans la salle de bains pendant que je pisse, elle me donne l'impression que même mon sexe entre mes mains n'est plus qu'une plante que j'entretiens pour elle. Je suis un esclave dans un vieux péplum. *Spartacus*, avec Kirk Douglas. C'est le film qui me vient à l'esprit. Il faudrait que je le revoie. Elle m'a piégé, je suis dans ses filets.

Mon père est de passage à Paris et marche difficilement vers moi, s'aidant d'une canne avec nonchalance. On se serre fort dans les bras l'un de l'autre et il me caresse la joue avec son sourire de charmeur oriental, m'enveloppant instantanément dans son univers puissant, charismatique. En s'asseyant, il rate la chaise et se rattrape in extremis à la table, fragile montagne de 130 kilos. Il s'intéresse aussitôt à la carte, faisant mine d'avoir déjà oublié sa chute. Cela résume sa relation au monde, il se met en péril et nous impose de faire semblant de rien. Il interrompt la lecture des plats et se veut rassurant, il tombe souvent, mais son poids amortit toutes ses chutes.

— Je n'ai pas d'angles, tu comprends, alors je ne risque rien…

Et c'est parti, tout ce qu'il va me dire pour me rassurer aura un effet contraire. Nous commandons les plats en ignorant nos promesses de régime. Ce moment est suspendu et ne compte pas. Son regard plein de compassion me rappelle que je suis cet homme pour qui il s'inquiète, comme un père qui ne se sentirait père que devant son enfant en perte d'équilibre. Nos plats arrivent, il mange vite et j'appréhende les morceaux de pâtes qui pourraient m'atteindre, sans lui demander de bien avaler avant de me parler. Pourquoi n'ai-je jamais trouvé le courage de le lui dire ?

Arrivé au dessert, après avoir écarté d'un geste discret le petit morceau de moelleux au chocolat postillonné sur ma joue, je lui évoque son scénario.

— Comment veux-tu que je partage ma vie avec une femme qui vient se nourrir sur mon territoire ? Comme si je réalisais après toutes ces années que je vis avec mon ennemie.

Il avale un morceau de son gâteau, sceptique, jaugeant la situation. Il prend néanmoins une expression outrée et me parle d'elle comme si elle était passée dans le camp adverse. Il repart bientôt pour Bangkok où il habite maintenant depuis plusieurs années avec sa femme. Juste avant de nous lever de table, il met ses lunettes de vue, sort quelques feuillets de la poche intérieure de sa veste et les déplie maladroitement. Bien entendu, il n'a aucune prétention d'écrivain et ne voudrait pas que je l'interprète comme tel, mais...

il a retrouvé ce texte qu'il a écrit il y a vingt ans. Je me retourne vers nos voisins de table pour être sûr que ce n'est pas une caméra cachée. Il le range à nouveau dans sa poche intérieure pour que je l'incite à le lire. Son envie d'exister, j'en ai assez bouffé. Mais soit. Il prend son manuscrit et commence à le lire, comme un enfant convoqué au tableau. Une petite chose de 130 kilos. Marlon Brando dans le rôle d'une jeune fille en fleur.

— *Mourir. Je vais mourir… une certitude, nous allons tous mourir. Seule certitude ici-bas. Dieu pas sûr, le père pas sûr rien n'est plus sûr que la mort. Cela devrait nous rendre plus solidaires nous les êtres humains encore en vie. Mais non chacun pour sa pomme et le dieu qui n'existe pas pour tous. Je vais mourir et pourtant je continue à vivre comme un éternel. Je suppose que cela va me surprendre au moment où je m'y attends le moins. Le monde est plein de fausses certitudes. La vie elle-même est-elle une certitude ? Ne nous rêvons-nous pas ? Inventons-nous ce que nous voyons et sentons ? Moi je suis pétri de questions… seule certitude toujours la mort pour nous tous. Je n'ai pas peur de la mort je ne suis de toute façon pas là ! C'est mon alias qui a vécu sous les auspices d'un moi qui ne s'est jamais révélé !*

Il explose en pleurs, se contenant comme il peut. C'est embarrassant. Et dans son texte, mes propres faiblesses, héréditaires, cette gentillesse handicapante, si chiante au fond. À se demander si nous ne sommes pas qu'une bande de méchants lâches. Je rêve alors d'être le fils de Mike Tyson, racontant que son manque de confiance l'a emmené à manger le monde avec la peur au ventre. Tyson n'est qu'une façade. Mike est un homme plein de failles qui a écrasé ses peurs à coups de gant, flirtant avec le chaos. Qu'il est sexy d'avoir un passé de délinquant. Mon père sous-estime son charisme de parrain de la Camorra pour jouer les petites choses fébriles, un vrai *miscast*. J'ai beau être l'esclave rebelle de mes parents, au fond, il le sait, il me tient comme un chien tirant sur sa laisse jusqu'à l'étranglement. Je suis et resterai sa chose. En me disant au revoir, s'en voulant de ne pas être plus présent, c'en est presque merveilleux de voir à quel point tout en lui dit le contraire. Quand il s'éloigne dans la rue, ma nervosité se dissipe en faveur de l'amour ressenti pour cette boule qui roule.

lkqdsgndiggqnùeginsonGKDSFVnVMKq, dkgvkds:dvqlknwdknslkvnfmkvmkvdsvvqdf, bdbfvk,ld,vmdfb,b,fgmfs,mgjfmgdSMLg,MB,FMF, Gmlfq,

En plein après-midi, voici la phrase qui s'écrit sous les touches de mon clavier, écrasées par mes doigts crispés. Ma femme s'arrête d'écrire et me demande ce qui ne va pas. Sa voix faussement naïve me plonge dans une frénésie incontrôlable, j'arrache mon tee-shirt dans un accès de rage et me laisse glisser de tout mon poids le long des murs du salon. Elle boit une gorgée de sa tisane, au spectacle, contenant son envie de rire. Le regard rivé au sol, les phrases jaillissent dans le désordre, comme dans un monologue de théâtre expérimental. « Ma propriété, ma matière première, mon sang, mon héritage, ma foi, merde quoi, ma religion, mon avenir, ma vérité, ma mère bordel. C'est ma mère ! Bordel ! » Elle me regarde courir en direction du balcon pour m'accrocher à la rambarde comme une danseuse de pole dance survoltée. Un vrai héros antique en proie à ses démons. Loin d'être impressionnée, elle me demande alors de revenir dans l'appartement avant que les voisins n'appellent les flics. Malgré mon envie folle d'en remettre une couche, je reviens m'asseoir sur l'une des chaises, autour de la table. Elle s'assoit à mes côtés, récupère d'un geste las sa tisane et comme un enfant que l'on gronde, me décrédibilise en une seule phrase. Pourquoi n'aurait-elle pas le droit, au même titre que moi, de relater des épisodes marquants de sa vie, de montrer à quel point ma mère était une femme exceptionnelle ?

Elle emporte son ordinateur, sa trousse, sa tisane, sa vapoteuse et sort du salon, me laissant torse nu… le tee-shirt en haillons, hagard comme un naufragé.

Le soir venu, elle repasse devant moi comme une étrangère et me désigne la chambre du fond en me collant un oreiller contre le torse.

— Le lit est fait là-bas. Je ne veux plus dormir à côté de toi.

— Et moi donc !

Après avoir enchaîné des selfies face au miroir de l'armoire du dressing, en rafales, dans la chambre du fond, il y a toujours ce halo, pile sur mon visage.

Comme celui de la fan devant l'immeuble de ma psy. Pour ne plus voir mon reflet, j'ouvre les portes grinçantes de l'une des armoires. Les boîtes empilées me font penser aux tours d'une ville en ruines, et dans l'une d'elles, entre peinture à l'huile et encens : l'odeur de ma mère. Un carnet de papier japonais dans lequel défilent ses dessins au pastel, un porte-cartes Saint Laurent élimé, un vieux coussin froid dans lequel j'enfonce ma tête, trois tasses de café, de vieilles factures EDF, une déclaration d'impôts datant de 1999 et sur laquelle il n'est déclaré aucun revenu, des bracelets en strass, une boucle d'oreille grosse comme un lustre et une très vieille lettre écrite à l'encre de Chine et difficile à déchiffrer. Ma mère s'y excuse auprès de moi – enfant – de consacrer tant d'heures à sa peinture. Après avoir refermé la boîte, il me semble avoir enfermé une vie. Est-il normal que son odeur soit toujours aussi présente ? Je lance un petit cri inaudible et cours me planquer sous la couette. Le monde essaye de me baiser, en sourdine.

Le temps nous emmène vers une disparition des corps et des esprits, à tout jamais perdus dans la foule d'autres morts et d'autres vies, plus capitales encore que la mienne et celle de ma mère. La concurrence englobe même nos décès, le temps mange tout et ne recrache que quelques élus. Et si même parmi les meilleurs il y avait des oubliés ? Et si ma mère n'était pas une oubliée mais juste une quantité négligeable ?

Je serais le prince déchu d'un royaume invisible qui pousserait sa mère au statut d'éternité. C'est comme si j'étais le témoin privilégié d'un grand prophète et que l'écriture du Nouveau Testament ne dépendait plus que de ma seule volonté.

Et pourtant, ce qu'ils appelleront de la démence restera ma mission intime. La guerre ne fait que commencer.

Le matin, mal réveillé, derrière la porte fermée du salon, ma femme raconte ma crise de la veille à notre amie Tania. Sans qu'elle ne s'y attende, je me suis arraché mon tee-shirt avec une violence inouïe, simulant un delirium tremens comme un enfant fait un caprice avec l'illusion de ne pas être démasqué. Elle regrette de ne pas m'avoir filmé en cachette avec son portable pour lui montrer la scène, tellement c'était risible.

— Il en faisait des caisses, c'était pathétique. Cela dit, on le verrait comme ça dans un film, sa carrière exploserait !

Les deux rient tandis que ma femme raconte. Elle évoque ensuite les esclandres passés de ma mère, précisant que je ne lui fais pas concurrence. Elle pouvait s'arracher des touffes de cheveux pour un oui ou pour un non, menacer un infirmier à domicile de l'empaler parce qu'il aurait mal parlé de l'un de ses dessins, arrêter le train Paris-Berlin parce que le chauffage ne marchait pas. Quand le contrôleur lui avait demandé pourquoi elle avait tiré le signal d'alarme, elle s'était justifiée en lui disant que ses enfants – mon cousin et moi – avaient froid. Le contrôleur, n'en revenant pas, n'avait pu s'empêcher de lui pardonner, se retenant de rire.

Tania enchaîne sur ma probable jalousie envers l'écriture de ma femme : c'est un combat de créateurs et pas un œdipe mal digéré. Ma femme la rassure, elle a déjà rendez-vous demain au Café des Officiers, à 15 heures, avec un producteur qui a beaucoup aimé son scénario.

Après le fracas de la porte du salon poussée brutalement, le silence est théâtral. La mine défaite, en caleçon, je fais mon entrée. Elles me regardent toutes les deux, ahuries.

— Alors ? Ça y est ? Vous m'avez bien pourri ?

Tania prend un air indigné à la hauteur de sa mauvaise foi.

— Mais enfin… Comment peux-tu dire ça ?
— Parce que je vous ai entendues ! Tout simplement !

Les larmes me montent instantanément aux yeux. Tania s'inquiète pour moi, ou du moins le feint à merveille. Elle pose une main sur celle de ma femme et ne peut s'empêcher de prendre mes larmes pour argent comptant. J'ai réussi à semer le doute. Mon état de fébrilité pourrait justifier à ses yeux l'injustice de mon comportement. Ma femme sent que je suis en train d'emporter cette manche et cela la ronge. Elle aimerait crier que je suis prêt à tout pour avoir gain de cause, mais devant l'émotion, les gens sont perméables. Ils sont au spectacle, et Tania est conquise. J'essuie une larme coulant le long de ma joue avec la retenue d'un Laurence Olivier. Je mets alors ma main sur mon visage pour me cacher car la sincérité de mon émotion s'estompe et j'ai du mal à rester crédible. Surtout que de la voir perdre du terrain me donne envie de pouffer. Je me retiens et cours dans ma chambre me changer, puis sors de l'appartement en claquant la porte à la manière d'un acteur de boulevard.

Une fois dans la rue, je calcule les ouvertures créées par l'impact de ma crise de larmes. Au pire, ma femme pourra lui dire que mes larmes sont celles d'un acteur. Je pleure parce que je sais bien que j'abuse et qu'il ne me reste plus qu'à essayer de les apitoyer sur mon sort, ce à quoi Tania, au pire du pire, lui rétorquera que malgré tout, cela traduit mon état général. Que je suis probablement dans une gestion compliquée du deuil, mêlée à un œdipe bien ancré. Tania lui confirmera que mon attitude est injustifiable mais rajoutera peut-être que je suis avant tout perdu et en arrivera à dire une banalité du type : « Je ne le reconnais pas. » Un passage au statut de victime qui me donnera une immunité de courte durée auprès de mon ennemie. Elle pourra se plaindre autant qu'elle veut, il n'en restera pas moins ancré que son agresseur est lui-même en souffrance. Et inconsciemment, Tania pourra se demander si le film de son amie en vaut bien la chandelle ? Ne prend-elle pas le risque de m'emmener vers l'irréparable ? Dans la balance, que ferait-elle à la place de son amie ? Ma femme sera peut-être bousculée par l'interprétation de Tania, allant à l'encontre de ce qu'elle avait prévu. Ma stratégie n'est qu'au service d'un sentiment noble et sans malice, je suis un propriétaire floué. Ma mère est *ma* propriété. Et mes pleurs ne sont que les armes trouvées par mon corps pour justifier mon combat, plus que légitime.

Le soir, dans sa chambre, ma femme lit, et me voyant passer, elle éteint la lampe de sa table de chevet, probablement par crainte d'assister à une autre scène de l'Acte II. Sur l'armoire proche de la fenêtre, dans la chambre du fond, reste un vieux paquet de cigarettes. J'ai arrêté et nous passons nos journées à téter deux clopinettes électroniques. J'ouvre la fenêtre, hésite, puis allume une cigarette, avec cette impression de narguer la mort à chaque bouffée. Enfant, j'étais convaincu que la mort m'avait oublié. Les gens mouraient, pauvres d'eux, et je jubilais secrètement de me savoir immortel. Aux infos, les victimes ne me faisaient pas de la peine mais de la pitié. Pour tester ma résistance, en attendant mon père dans la voiture, j'avais déclenché l'allume-cigare et l'avais approché de ma langue jusqu'à la brûler contre la surface incandescente. À son retour, il m'avait retrouvé hurlant dans l'habitacle de la voiture, la langue pendante, brûlée au second degré. En rentrant, ma mère me l'avait enroulée avec amour dans un gant de toilette humide, comme un poisson sorti de l'eau, me donnant toute son attention. Elle s'était penchée sur le problème avec beaucoup de sérieux. Quelles étaient les raisons profondes qui m'avaient poussé à me brûler la langue ? Et moi de me délecter de l'intérêt qu'elle me portait, lui soumettant des réponses vagues et mystérieuses pour m'inventer une personnalité trouble. Un autre jour, en regardant les passants dans la rue du quatrième étage, une envie de m'écraser au sol avant de me relever indemne me passa par la tête. Pris de vertige, je m'étais résigné à refermer la fenêtre. Il ne fallait pas exposer mon pouvoir aux yeux de tous. Et, un jour, j'ai arrêté de me mentir. Les infos à la télé étaient soudain devenues dramatiques. Je faisais partie de cette grande communauté d'humains vouée à l'échec, tous mortels. Et ce fut le début de la peur. Ma mère en fut la meilleure professeure. Elle m'apprit surtout à avoir peur de ce qui n'existait pas. Un retard de dix minutes, la mort de mon père était envisagée : un accident de voitures, une agression, lui parti à tout jamais et nous deux seuls au monde ; et elle à la fenêtre, guettant son retour sans plus y croire, en larmes, désespérée d'avoir à imaginer sa vie sans lui, et à moi d'essayer de la consoler. Et quand mon père rentrait enfin d'une charrette, elle l'engueulait et partait s'enfermer dans son atelier, lui en voulant presque de son retour après avoir tant cru à sa mort. Mon père, dans l'incompréhension, me regardait, et nous restions tous les deux dans le salon, gardiens bienveillants de ses traumas.

L'air est doux et le bout incandescent de ma clope tranche dans l'obscurité de la cour. Mon regard est attiré par la fenêtre de notre chambre. La lampe de chevet éteinte uniquement dans le but de me faire partir est, à ma plus grande surprise, allumée. Je pose ma cigarette et retourne vers la chambre. Une fois sur place, la chambre est à nouveau dans le noir, exactement comme quand je l'ai quittée. Je reste là, quelques secondes, à guetter l'entourloupe, repars vers la chambre du fond, récupère la clope posée sur le rebord de la fenêtre et découvre à nouveau la lumière de la chambre allumée. Après avoir frappé à sa porte, en panique, elle rallume sa lampe de chevet, saoulée par mes explications et me jurant sur la tête de notre fils qu'elle était sur le point de s'endormir. L'air moqueur, elle me souhaite de passer une bonne nuit dans la chambre du fond, auprès du fantôme de ma mère.

En avançant dans le corridor, les poings fermés, il me vient comme une envie de me réfugier dans la chambre de mon fils.

Après tout, ma mère aurait cautionné son scénario. Elle aimait que l'on parle d'elle et ne mettait pas de limite à l'abus. Peut-être à cause de ce qu'elle avait subi pendant la guerre. J'avais déjà la trentaine lorsqu'elle a lâché une phrase noyée entre deux banalités, sur le pas de la porte de son atelier, s'effaçant de ma conscience à mesure qu'elle la prononçait. Plusieurs membres de la famille qui la cachait pendant la guerre lui avaient fait subir des attouchements. Elle se rappelait le regard de son grand frère, huit ans à l'époque, caché avec elle, témoin malgré lui de l'une de ces agressions, et de son silence, bien conscient qu'en les dénonçant, ils risquaient plus grave encore, être tous deux déportés.

À l'époque, j'avais mis son histoire sur le compte d'une invention pour donner forme à sa souffrance, authentique, elle. Ou alors, était-ce le seul moyen trouvé pour me protéger lâchement de mon impuissance à la venger ? Il y a de la violence qui se perd dans nos entrailles. Que ce soit un viol ou pas qui l'ait rendue si fragile, elle l'était.

Bien après la guerre, elle était entrée aux Beaux-Arts où elle passait ses journées à peindre, sans jamais sortir. Et quand son frère l'avait forcée à l'accompagner en boîte de nuit, histoire de lui changer les idées, un jeune homme à la peau mate et aux grands yeux noirs, issu d'une famille bourgeoise juive égyptienne, l'avait invitée à danser. À leur premier rendez-vous, mon père avait été marqué par ses escarpins, cette jolie fille avec ses chaussures usées. Cela l'avait bouleversé, et il avait tout de suite eu envie de lui en acheter des neuves. De son côté, ma mère m'avait raconté qu'à l'issue de leur entrevue, il pleuvait et mon père avait retiré son blouson en cuir pour qu'elle n'ait pas à marcher dans la flaque d'eau qui la séparait de l'entrée de son immeuble. Elle avait fait les derniers pas sur ce tapis de cuir improvisé, et ce jour-là, pour la première fois de sa vie, elle s'était sentie importante aux yeux d'un homme.

Dans le reflet du miroir, la découpe de sa silhouette, en forme de bouteille de Perrier, elle est là, qui pourrait revenir, m'entendre, me voir. Sera-t-elle un œil permanent sur ma vie comme Big Brother ? Y aurait-il un moyen de me déconnecter de sa présence tant attendue ? Un sentiment mitigé naît à l'idée de son retour. Mon intimité est-elle un bien à préserver au-delà de l'amour que je lui porte ? Le miroir ne reflète maintenant plus que ma silhouette. Après avoir regardé chaque recoin de la pièce avec inquiétude, prêt à la voir sortir d'une armoire en s'accrochant aux rideaux, je m'allonge dans le lit, les yeux grands ouverts.

Au matin, l'appartement est vide. Dans le salon, Groopie slalome entre mes chevilles pour ralentir mon pas et repart en planque, comme un soldat qui guetterait l'ennemi de ses tranchées.

Assis devant mon ordinateur en attente, mon envie d'écrire est moins forte en son absence.

Comme si écrire c'était la combattre. Elle est mon obstacle et mon moteur. Ou le meilleur prétexte à mon manque d'inspiration.

Métro École Militaire, 15 heures. Installé sous l'abribus en face de la terrasse bondée du Café des Officiers, pour ne pas être repéré. Elle est assise à table avec un homme, barbe de deux jours, des lunettes Persol, les cheveux mi-longs, dégaine de producteur en place. Cela fait longtemps qu'elle n'est pas aussi radieuse. Elle me fait penser à une actrice de films érotiques des années quatre-vingt, riant aux éclats, poursuivie par son amant dans les allées des jardins du roi. Le producteur a un tic, il pousse ses bras en avant, comme si les manches de sa chemise n'étaient pas retroussées, indice probable de sa récente consommation de cocaïne. D'après sa gestuelle de toxico, il a aimé. Elle boit son jus en tirant sur sa paille, comme si elle ne pouvait pas détacher ses yeux de lui. Ils se retournent l'un vers l'autre et rient bêtement. Ils continuent à discuter devant la terrasse, et après s'être embrassés cordialement, il lui parle à nouveau, elle hésite et ils repartent ensemble.

Ils s'arrêtent devant un immeuble à proximité, elle recule de quelques pas mais il insiste à nouveau et elle y entre derrière lui. À l'affût des fenêtres de l'immeuble, quand l'une d'elles s'ouvre je reconnais la chemise bleue retroussée au niveau des coudes. Assis sur le rebord de la fenêtre, il fume une cigarette, rit aux éclats, et quand il regarde en direction de la rue, je fais mine de refaire mes lacets. Son mégot tombe à mes pieds, je l'écrase d'un coup de talon. Et ce temps qui passe. Que peuvent-ils faire aussi longtemps dans un appartement ? L'amour… Ce mot jaillit soudain en moi. L'amour, est-ce l'idée d'être ensemble au-delà de tout ce qui nous oppose en ne s'intéressant qu'à l'autre ? Ma guerre contre elle est-elle la conséquence de notre amour ? Ou, pire, la condition de sa survie ?

Une rose sombre a été déposée en travers de sa stèle. Peut-être par Jean, son ami encadreur. La seule fois où il était venu lui rendre visite à l'hôpital, c'était déjà pour me faire la leçon et me conseiller de « profiter » de ma mère.

— Profiter… Tu veux dire passer du temps à ses côtés, gérer toute sa vie et ne plus en avoir ? Non ? Il faut profiter comment alors ? Hein, connard ? Est-ce qu'on profite de la maladie de ma mère pour se permettre de sermonner ? Est-ce qu'on n'en profiterait pas pour fermer sa gueule ?

Sa tête d'écureuil avait déchanté, il était reparti la queue entre les jambes, avec son pantalon en velours et son nœud-pap, et la seule fois que j'eus à nouveau de ses nouvelles, ce fut pour me dire que sa tombe, tristement neuve, mériterait bien un petit entretien. Je m'étais délecté de lui répondre. Réécrivant mon message plusieurs fois pour qu'il soit à la fois sans appel et subtil. Au final, il fut juste sans appel : « Merci de t'occuper de ton cul, qui mériterait bien un petit entretien lui aussi. »

Cela me procure une satisfaction ambiguë, d'envoyer chier certains de ses anciens amis. La haine de les savoir vivants peut-être, avec l'impression de me venger de son départ prématuré.

À quelques mètres de moi, un homme seul, la trentaine bien entamée, se recueille devant sa tombe, une veste en cuir un peu courte, des lunettes en écaille, l'air assez classe, probablement le fils de la vieille dame croisée la semaine dernière. Nous nous sourions avant de regarder à nouveau nos tombes respectives. Quand je me retourne, il n'est plus là. En repartant, je fais demi-tour et arrive devant la tombe de ma voisine, par curiosité. Je reconnais les reflets violets de ses cheveux blancs, pas de doute, c'est bien la vieille de l'autre jour en photo sur sa tombe... En tapant son nom – Jeanne Masson – sur le clavier de mon portable, je l'identifie grâce à son profil Facebook, elle est bien morte il y a deux ans. Mais qui est la femme croisée la semaine dernière ? Elle en visite sur sa propre tombe ?

Sur le boulevard, je l'interpelle et il enlève ses écouteurs sans fil qu'il tient proches de ses oreilles, m'accordant ainsi un temps de parole très court. Bafouillant, je lui fais comprendre à demi-mot qu'il me semble avoir croisé une femme ressemblant trait pour trait à sa mère. Et quelle n'a pas été ma surprise en la découvrant en photo sur sa tombe. C'est assez embarrassant mais comment ne pas partager cette coïncidence avec lui. Il ne m'a pas l'air surpris, m'apprenant qu'une dame l'aurait abordé la semaine dernière pour lui dire la même chose. Pressé, il m'écrit vite fait le numéro de téléphone de cette médium sur un ticket de métro usagé. Lui n'y croit pas, me dit-il en repartant d'un pas décidé, comme s'il avait mieux à faire.

Après ces révélations, il m'est difficile de ne pas suspecter les passants. L'idée que la vieille devant moi ramassant les besoins de son chihuahua puisse être une zombie me fait frémir. Elle me défie du regard et me demande si cela m'ennuie qu'elle ramasse la merde de son chien. « Pour la ville de Paris, Monsieur ! » me dit-elle avant de s'éloigner en tenant son petit sac de merde ballottant entre les mains.

À la tombée de la nuit, les miaulements de Groopie ressemblent à ceux d'une vieille femme en train de geindre, un appel à l'aide. La porte-fenêtre du salon est entrouverte et sa silhouette est à peine visible sur le balcon des voisins, un vieux couple qui possède presque tout l'immeuble et passe son temps dans sa maison de Saint-Jean-de-Luz. Groopie est en planque derrière la grille séparant les deux balcons. Gros, n'en faisant qu'à sa tête, mettant sa vie en péril, il me rappelle soudain mon père. Il reste indifférent à mes appels pour le faire revenir sur notre balcon. En face, des jeunes torse nu rient, fument, boivent des bières. Ils ont l'arrogance des voyous du VIIe arrondissement. On dirait un film de Ken Loach en version bourgeoise. Et puis soudain, grisé par la situation, comme dirait Buzz l'Éclair dans *Toy Story*, je murmure : « Vers l'infini et au-delà » et enjambe la rambarde, le corps dans le vide. Une fois sur le balcon des voisins, Groopie disparaît par la porte de la cuisine entrouverte. L'appartement vide sent le rance, le visage dur et sec de Monsieur et celui éberlué de sa femme en portraits sur le mur. Je me dis qu'ils ressemblent à ces vieux couples chez qui l'on retrouve des enfants faméliques ligotés dans une cave au fin fond du Texas quand la porte claque. Julien, le fils des voisins qui habite lui aussi dans l'immeuble, passe devant moi comme un fantôme, sans me voir, avec ses cheveux poivre et sel et son teint laiteux qui lui donne l'air d'un éternel adolescent. Il ouvre et referme des portes de placard d'une pièce voisine, puis lance un cri, ne s'attendant pas à tomber nez à nez avec le chat, planqué dans l'une des armoires. Manifestement il l'a reconnu. Rampant alors d'un balcon à l'autre pour retourner chez moi au plus vite, à peine ai-je mis un pied dans le salon que la sonnerie retentit. Julien est sur le palier, avec Groopie dans ses bras qu'il me tend comme un colis encombrant. Il est étonné de l'avoir trouvé chez ses parents, vu qu'ils sont à Saint-Jean, les portes de l'appartement donnant sur le balcon devraient être verrouillées. Après l'avoir remercié et refermé la porte, mon pied pousse le cul de Groopie qui glisse à travers le parquet du salon. Je fais une recherche sur Internet : *chats qui sentent les fantômes*, et tombe sur le témoignage d'une femme dont les deux chats, Kaena et Scarlett, ont commencé à grogner devant la porte de son grand-père mort une semaine auparavant. Et un autre témoignage, celui d'un homme qui parle de la sensibilité de son chat Igor à l'orienter vers des lieux *habités*. Groopie a-t-il senti quelque chose en allant dans l'appartement vide des voisins ? En parcourant d'autres commentaires, il y est précisé que les chats sont plus proches de la gent féminine. Et soudain, ses yeux perçants me regardent, de l'autre côté du salon, comme une éminence grise. En refermant l'ordinateur, la silhouette de ma femme me fait sursauter. À moitié réveillée, elle me demande qui a bien pu sonner chez nous à une heure aussi tardive. Après lui avoir expliqué que Julien nous avait ramené Groopie, elle reste là, espérant probablement que je m'excuse de mon attitude. Ses cheveux en désordre et sa peau mate me déconcertent, force est de constater qu'elle est belle ce soir. En repartant, elle attrape le gros chat dans ses bras, queue levée, qui me regarde avec des yeux de princesse captive. Une fois seul, après avoir enlevé mon tee-shirt, comme hypnotisé, j'inspecte l'état de mon bide comme une carte du monde, dans le miroir du salon, et constate que les graisses n'ont pas opéré de mouvements migratoires. Dans la cuisine, un paquet de spéculoos venant d'un magasin réputé. Et d'un, et de deux, j'ingère le tout, c'est nerveux. Mon corps ne doit pas rester dans une optique de comptabilité calorique, le monde bouge, les gens changent, les esprits s'interrogent, on parle de sexualité ouvertement, la nutrition est devenue un sujet de société, les végans font des adeptes, et le corps est l'empreinte de notre époque, il capte les tendances, et bien que mon bide reste sur un statu quo, il est évident qu'il peut, en videur sympathique qui laisse passer un mineur en boîte de nuit, ignorer quelques spéculoos. Immobile, devant le miroir, mon bide me distrait néanmoins de ma guerre intra-muros.

Cela ne fait que trois minutes que je me suis assis sur le canapé, face à elle, et pourtant le silence paraît durer des heures. J'investis dans ces minutes de silence chez ma thérapeute comme d'autres s'achètent une villa en bord de mer. Et puis l'idée que mon unique confidente soit rémunérée me gêne. Elle est le symptôme facturé de ma solitude.

— Avant de nous quitter, il fallait que je revienne sur mes pas trois ou quatre fois pour lui dire au revoir de loin et vérifier qu'elle était restée sur le pas de la porte de son atelier, me regardant partir. Je faisais des allers-retours ridicules, de l'angle mort de la rue à son champ de vision. Et dès que je réapparaissais, ma mère surjouait la surprise. C'était fatigant, comme tous les rituels, la première fois avait été spontanée, et après, nous l'avons fait par superstition. À chaque fois que j'ai vu ma mère, c'était en hommage à la dernière fois possible. La vie ne tenait qu'à un fil, celui qui nous reliait, aussi ténu que celui d'une toile d'araignée. Et maintenant qu'elle n'est plus là, j'ai encore cette sensation, mais inversée. J'ai l'impression qu'elle va réapparaître et que ma vie est en attente de ce moment, comme quand je faisais ces allers-retours devant sa porte.

Françoise ne détache pas ses yeux des miens, pour cacher sa confusion.

— Vous avez lu le scénario de votre femme ?
— Non !
— Et vous n'en avez toujours pas parlé ?
— Si ! J'ai fait comme vous m'avez dit, je lui en ai parlé de manière apaisée. Ce n'était pas facile mais j'y suis arrivé. Vous m'avez bien aidé sur ce coup-là.

Et tandis que j'essaye de voir si mon mensonge passe, Françoise décroise ses jambes et je crois apercevoir sa culotte. Je dis je crois mais j'en suis sûr. J'ai toujours du mal à ne pas regarder. Je m'en veux. Mes yeux se braquent aux interstices. Je m'intéresse toujours un peu plus à la petite histoire qu'à la grande. Et sa culotte fait partie de la petite histoire. Est-ce thérapeutique ? Je me demande si je n'essayerais pas de l'embrasser ? Par envie de puissance. Embrasser sa psy, ne serait-ce pas le comble du narcissisme ? Serait-ce une manière saine et indirecte d'embrasser ma mère ? Ou la preuve que l'on peut être aimé pour ce que l'on est de pire ? Sa culotte est peut-être le dernier rempart avant la matrice ? Mais je ne crois pas qu'elle accepterait. Elle accueillerait probablement l'idée dans le cadre de la thérapie. Elle me regarde bizarrement, à croire qu'elle m'a entendu. Je ne veux plus être l'enfant face à sa mère. Ai-je envie de la baiser pour devenir un homme ? Pour me hisser au stade supérieur ? Est-ce moi qui me dévalorise au point de penser à tout ce qu'elle pense avant de penser à ce que je pense ? Elle décroise ses jambes pour me montrer sa culotte. Ce n'est pas conscient mais volontaire. Rien n'est le fruit du hasard. Tout est construction. Volontaire ou pas. Me montrer sa culotte est peut-être une étape fondatrice de ma thérapie. Pour me confronter à mon œdipe post mortem, ou bien elle me montre sa culotte pour me faire croire qu'elle a d'autres intentions cachées me concernant ? Elle me montre sa culotte en bonne commerçante, pour que je revienne vérifier si c'était dû au hasard ou pas.

Le silence remplit l'espace. Après un petit temps théâtral, je lui demande de se prendre en photo avec mon portable. Elle s'exécute, surprise, et me le rend après avoir regardé son selfie, intriguée. Après m'être pris à mon tour en photo, elle reste perplexe devant mon cliché parfaitement réussi, sans lumière devant mon visage. Je m'enfonce dans le fauteuil et me contente de sourire, trop honteux pour lui expliquer l'origine de ma requête.

Une fois la séance finie, dans l'ascenseur, je refais un selfie. Mon visage est à nouveau barré par le halo.

Elle a la soixantaine, la coupe de Jeanne d'Arc et de grands yeux globuleux. Elle m'a donné rendez-vous devant son immeuble. Après lui avoir raconté ma rencontre avec le fils de celle que je soupçonne être une apparition, nous contemplons les volutes de sa cigarette se déployer comme des chevaux en plein galop. La médium a bien vu Jeanne Masson, la mère du jeune homme, me confirme-t-elle, comme s'il s'agissait d'une science exacte, et après m'avoir recraché la fumée de sa cigarette au visage.

— Comment peut-il rester indifférent à la présence de sa mère ?! Je ne comprends pas. Ce n'est pas moi qui vais le prendre par la main et le forcer. Il n'y croit pas eh bien tant pis. Il pourrait pleuvoir des crapauds que ça ne l'étonnerait pas. Et pourtant, ils sont là, je ne suis pas folle. Vous voyez, ce n'est pas un pouvoir que j'ai, c'est juste la capacité de voir, de sentir.

Voilà quinze ans qu'elle a des visions et regrette de ne jamais avoir vu son mari, enterré à Montparnasse lui aussi. Dans les allées vides du cimetière, elle s'arrête sur le rond-point proche de la tombe de Gainsbourg, me fait signe de me taire, ferme les yeux et semble écouter la brise, comme si elle venait d'avoir une intuition de génie. Elle fait quelques pas à droite, puis à gauche, m'indique qu'ils sont là. Je tourne sur moi-même mais ne vois que des passants endeuillés. À moins que ce ne soient des zombies. Elle sourit au ciel, l'index sur sa bouche. Il y en a un qui s'approche, me dit-elle en chuchotant, il est entre nous deux. J'ose à peine lui demander si cela pourrait être ma mère quand elle me précise, agacée, que c'est un homme. Elle est très impressionnée par cette présence à laquelle je ne suis manifestement pas sensible. Après tout, un inconnu mort reste un inconnu.

Autour de nous, les tombes me paraissent vides, avec leurs dépouilles qui manquent à l'appel. Elle pose sa main sur la mienne et la serre comme un garrot, empêchant bientôt le sang de circuler. La tirant vers moi gentiment pour arrêter ce supplice, elle ne lâche pas prise. Cela devient gênant et je me retiens de crier, mais le sentiment d'être attaché à elle devient bientôt insoutenable. Ma main vire au violet et après l'avoir tirée au point de l'arracher, elle ne la lâche pas, totalement habitée. Pris d'un accès de rage, en panique, la mordant au poignet de toutes mes forces, après m'être excusé, je m'en libère enfin pour sortir du cimetière en courant.

Une fois sur l'avenue, à ma droite, un homme assez grand, la cinquantaine, cheveux grisonnants et l'air dégingandé, marche à mes côtés. Il ne respecte pas les distances d'usage. Sa peau est grisâtre et il me vient à l'esprit que c'en est un. Un zombie avec son air d'aller au travail, probablement en souvenir de sa vie passée. En m'arrêtant devant lui pour le stopper net, scrutant son regard, l'homme a l'air assez étonné par notre tête-à-tête improvisé. Je prends sa main avec prudence pour saisir son pouls, il me regarde faire, interloqué, et la retire enfin brutalement, se ressaisissant et reprenant sa marche en se retournant vers moi pour me traiter de malade.

En rentrant chez moi, dans le salon, Samuel joue à Fortnite avec Emma, la fille de Tania et Charlie. Ils ressemblent à un vieux couple. Au téléphone, Charlie fait des allers-retours sur le balcon, évoquant un projet de pièce de théâtre qu'il veut monter. Dans notre chambre, Tania est assise sur le cul de ma femme et après avoir fait gicler un peu plus d'huile de massage dans ses mains, se remet à la masser en me souriant. De retour dans le salon, Charlie m'embrasse chaleureusement. C'est comme si l'on s'aimait trop pour se l'avouer ou qu'il y avait trop de non-dits entre nous. Je lui propose de boire un verre dans la cuisine. Affable, il m'apprend que ma femme a reçu ses analyses, elle aurait de gros problèmes d'arthrose au niveau des cervicales, ce qui expliquerait ses insomnies. Elle a dû allumer et éteindre sa petite lampe de chevet pour me faire croire en la présence de fantômes l'autre soir. Un vrai jeu d'enfants.

Une fois à table, Tania se lève et porte un toast.

— À ton scénario ! dit-elle à ma femme. Et à la signature avec le producteur. Et pour l'actrice, on croise les doigts ! lance-t-elle frondeuse.

Apparemment, elle a rendez-vous avec une actrice, demain à 17 heures, au café Le Hibou. Ils savent tous que la bonne nouvelle passe mal. Même les enfants ont l'air de jouer le jeu. Nous mangeons et les bruits de couverts et de mastication ne font qu'amplifier la tension ambiante.

Après le déjeuner, Tania me demande si je suis heureux de ce qui arrive à ma femme. Je lui rétorque sèchement de ne pas me prendre pour un con.

Les larmes lui montent instantanément aux yeux – de l'inconvénient d'avoir une amie comédienne – et elle court se réfugier dans la salle de bains. Elle revient peu de temps après, accompagnée de Charlie et d'Emma, en cortège. Ma femme et eux font semblant de se dire au revoir le plus normalement possible mais ils sont dans une autre tonalité. Cela faisait longtemps qu'ils voulaient me condamner, me mettre sur la sellette. Cela ne me fait pas peur. Ma mère a vécu rejetée. Une James Dean en poncho. C'était une rebelle avec une cause, celle d'une femme qui a vécu pour la beauté du geste et prête à tout pour être devant une toile vierge, celle-là même que sa mère lui avait achetée à crédit, juste après la guerre.

Ma grand-mère était une femme simple, analphabète, née dans le ghetto de Varsovie, fille de maroquiniers et encourageant toutes les vocations artistiques de ses enfants. Elle avait l'habitude de s'entourer de poupées qu'elle habillait de tenues aléatoires, découpant des morceaux de tissu qu'elle associait selon son humeur. C'est ainsi qu'un Bouddha pouvait se retrouver en minijupe et une Barbie avec un tabard de mousquetaire. Quand j'entrais dans sa chambre, enfant, elle trônait au milieu de ses poupées et me racontait leurs mésaventures, tout cela avec un accent yiddish et son dentier qu'elle réajustait entre deux phrases pour éviter qu'il ne sorte de sa bouche. Du *Dynasty* à la manière d'Isaac Bashevis Singer. Sa chemise était composée d'une poche arrière de jean cousue main à un morceau de dentelle blanche, une pièce de velours avec des fleurs brodées dessus, des paillettes dorées, et un morceau de tee-shirt qu'elle agrafait sur l'une de ses manches découpées en floches. Elle sortait alors un billet de cinq mille francs belges de son gros sac en skaï qu'elle me donnait discrètement, me faisant jurer de ne rien dire à mon oncle, pingre comme pas deux. Après, elle se léchait les doigts pour humecter ma frange de salive, petit rituel de tendresse animale qui me dégoûtait. Dans le salon, devant la télévision allumée, mon oncle, jambes écartées et posées sur les accoudoirs de son fauteuil en osier, observait ses ongles des heures durant, comme s'il pouvait y lire l'avenir. Et enfin, le soir venu, nous mangions des steaks hachés garnis de gousses d'ail encore dans leurs peaux, accompagnés de frites grossièrement découpées par ma grand-mère. Des « fritkes » comme elle disait, avec du « pitchup ». Dans leur petit appartement, l'hygiène était aléatoire. Juste le temps de gratter une tache au fond de mon assiette avant qu'elle ne me serve, jamais sûr de ce que l'on y trouverait, comme cette abeille morte retrouvée un jour gisant au fond de ma salade. Mais c'était bon, bon comme l'odeur de la sueur de son enfant, bon comme la vie dont on accepte les failles. Même s'il m'est arrivé d'avaler des matières non identifiées dans l'une de ses soupes, cela ne m'a jamais coupé l'appétit. Peut-être parce que c'était une femme rustre et que son amour était à la hauteur de ses imperfections. Dès que l'envie d'aller aux toilettes me venait, je m'y préparais, en apnée, avant de plonger dans une odeur d'urine séchée, soupçonnant la maladresse de mon oncle trop distrait pour ne pas pisser à moitié sur la moquette. Et ces moments-là n'étaient pas vraiment désagréables. C'était leur folklore, comme les rites d'une famille que l'on accepte sans pour autant les aimer, mais qui font partie du voyage. Il me fallait cependant un petit temps d'acclimatation pour revoir mon oncle sans y penser.

Leur appartement était une grotte moderne, pleine de savoir, de vécu, de traumas irrésolus, d'histoire, d'odeur de pisse séchée, mais féerique. Après deux minutes, nous jouions au loto, tous autour de la table de la cuisine. Et soudain, ils évoquaient le retard de la pension des Allemands. Ma grand-mère engueulait mon oncle et l'envoyait dans le hall de l'immeuble vérifier la boîte aux lettres, au cas où la pension serait enfin arrivée. Et puis elle se mordait les lèvres, se tirait les cheveux, sautillait sur sa chaise, s'en voulant de ne pas avoir soupçonné plus vite le facteur. Il ouvrait peut-être l'enveloppe pour leur voler l'argent de la pension. Mon oncle, crédule, rentrait dans son jeu, et ils échangeaient leurs impressions sur son physique de collabo. Mon oncle surenchérissait en imitant la manière qu'avait le facteur de prononcer son prénom, « Chajim, Chajim, il répète quand il me voit, pour bien me faire sentir que ce n'est pas un prénom typiquement belge. C'est un antisémite, hein ! » Ma grand-mère, jusque-là dans la suspicion, se laissait convaincre en tordant la peau de ses joues avec ses mains, jusqu'à se faire mal, au bord des larmes, criant des *oy vey!* de désespoir. Ma mère entrait dans la danse et abondait dans leur sens, passant des heures à parler du facteur, de la pension, de l'antisémitisme, de la montée de l'extrême droite, et de la Belgique qui n'était plus la Belgique, mon oncle en profitait pour leur faire un cours magistral sur la montée du nazisme durant l'entre-deux-guerres, et dans la majorité des cas, la pension arrivait le lendemain. Et à la prochaine visite, on les retrouvait tous deux en compagnie du facteur buvant un café dans la cuisine.

Tous étaient encore marqués par la déportation de mon grand-père Abraham. Il y avait des rafles à Bruxelles ce jour-là. Ma grand-mère lui avait demandé de rester dans leur petit taudis et il lui avait répondu que personne ne l'empêcherait de sortir. Il aimait danser le tango et n'en faisait qu'à sa tête. Il s'était fait arrêter par les SS qui lui avaient demandé – ils l'apprendraient après la guerre – de donner l'adresse de sa famille. Devant son silence, ils lui avaient arraché toutes ses dents avant de l'envoyer à Auschwitz où il était mort, à quelques mois de la libération. Il avait appelé ma mère Sarah, faisant fi du danger et lui donnant le nom de la femme d'Abraham, en 1941, alors qu'il était déconseillé de donner des prénoms bibliques aux nouveau-nés.

Après le départ de nos amis, ma femme me regarde avec méfiance en revenant dans le salon. C'est le moment que je choisis pour lui parler de ma rencontre avec la zombie. La découverte de son visage en photo sur sa tombe, et enfin, son fils qui me confirme sa mort. Un vrai zombie, mais pas comme dans un film de Cronenberg, plutôt sortant d'un film de Rohmer, moins glamour, mais tellement plus réel.

Samuel apparaît à moitié caché derrière le mur, fait deux pas dans le salon en pyjama, et me demande où j'ai vu ce zombie, se retenant de rire. Mon ennemie lui fait un clin d'œil complice, trop contente de pouvoir me faire passer pour un malade. Il demande à sa mère de venir lui souhaiter une bonne nuit et ils repartent du salon.

Une fois dans la chambre du fond, je tape sur les touches de mon clavier, pour me donner du courage. Et après avoir tout effacé, à nouveau la page blanche, avec cette seule phrase survivante : « Il n'y a plus qu'elle. » Et si l'envie de nuire au projet de ma femme cachait juste mon manque de talent, inavouable ? Une déception dont je ne guérirais pas. Mes mains sont en lévitation au-dessus du clavier comme au-dessus d'une armée de lettres impuissantes. Par où commencer ? Par son enfance ? Peut-être par cet événement que mon oncle m'avait relaté. En 1941, lui et sa mère marchaient dans la rue, à Etterbeek, commune pauvre de Bruxelles, avec ma mère dans le landau, alors âgée de six mois. Avant qu'ils n'arrivent au niveau de leur immeuble, un SS, accompagné de Icek Glogowski, surnommé « le gros Jacques », le mouchard juif du quartier portant une croix gammée en boutonnière, les avait pointés du doigt. Le gros Jacques avait pris son temps et, après avoir longuement hésité, avait fait signe que « non » de la tête. Mon oncle m'a toujours dit que s'ils n'avaient pas été avec le landau, lui et sa mère, ils auraient probablement été déportés : « Il a eu pitié de ta mère. Et c'est grâce à la petite Sarah si je suis encore là pour te raconter cette histoire, mon petit Vince. » Mon oncle, autiste léger, était resté bloqué sur cette période, totalement fasciné par le personnage du Führer. À chaque visite, mon cousin et moi lui demandions de nous refaire Hitler. C'était un grand moment de théâtre, le visage de l'acteur inspiré qu'il était devenait froid et sévère, son regard se durcissait, et il défilait le bras levé qu'il repliait comme le faisait le Führer lors des grands rassemblements. Mon cousin et moi le regardions passer et repasser devant nous, comme deux spectateurs subjugués. Il était l'incarnation vivante de Chaplin dans *Le Dictateur*. Quand son père avait été déporté, il n'avait pas prononcé un mot pendant deux semaines, et depuis, il bégayait. Du moins, c'était la légende familiale. Il avait commencé par ramener ses cheveux en avant, pour cacher sa calvitie, et les années passant, il avait fini par poser une moumoute à la matière indéfinie sur son crâne qu'il colorait avec du cirage noir. Il avait gardé une âme d'enfant et se passionnait pour les échecs, les dames, auxquels il m'avait appris à jouer parmi bien d'autres jeux encore. Il en avait même créé un qui s'appelait « Roma Sport » et dans lequel tous les personnages des guerres puniques étaient représentés par des petits pions découpés dans du carton, allant d'Hannibal à ses éléphants en passant par César et ses centurions. Les parties se gagnaient aux dés, avec un numéro correspondant pour chaque personnage. C'était un vrai érudit et à chaque question concernant un événement, une date, un pays au hasard, il avait réponse à tout. Il était resté vieux garçon et comme il aimait à le répéter : « Mon seul amour, c'est l'histoire. » Dans le passé, mon père lui avait présenté une prostituée pour l'initier aux plaisirs de la chair. Mais une fois nue devant lui, elle s'était assise pour l'écouter parler pendant une heure entière du génocide arménien, de la guerre, et surtout d'Hitler, lui précisant entre autres qu'il était végétarien. Elle remercia mon père pour ce moment passé auprès de mon oncle, très instructif même si peu concluant.

Après relecture, ce n'est pas une bonne idée de commencer par la guerre et mon oncle. Pour entrer en matière, il faudrait peut-être décrire le processus de création, la naissance d'une toile. Les poils de porc du pinceau, des chiffons usés, sa maîtrise du geste, le temps que cela lui prenait, sa concentration, son calme, ses hésitations sur le dernier trait. Ou alors je transpose l'histoire pendant la Seconde Guerre, une petite peintre juive de douze ans qui ferait le portrait des haut gradés nazis, ce serait la garantie de sa survie, ainsi que celle de sa famille. Les résistants lui apprendraient à tirer avec un vrai revolver, jusqu'au fameux jour où elle se retrouverait devant le Führer, avec pour mission de le tuer avant d'avoir fini son portrait. La scène serait tendue, entre le portrait qui s'esquisse, la garde rapprochée du Führer, et sa petite main plongeant dans le sac pour se saisir du revolver. La tentative de meurtre échouerait et l'événement serait occulté par les Allemands, trop honteux d'avouer qu'une petite fille avait failli mettre fin au règne du Reich. Elle serait déportée, écrirait son histoire et sortirait à la Libération avec un best-seller écrit sur soixante mouchoirs, correspondant au nombre de chapitres. *Les soixante mouchoirs*, c'est un bon titre. Non, il faudrait que je sois d'abord dans le réalisme de sa vie.

À moitié avachi sur le lit, devant mon bide se reflétant dans les miroirs du dressing, il me vient à l'esprit cette phrase aussi absurde que freudienne : tant qu'il y aura du bide, il y aura de la peur. Mon gras serait mon stock de ravitaillement. Il me fait soudain penser aux poussées de foule devant les supermarchés en temps de guerre.

C'est ce qui doit expliquer ma réticence au sport. Voilà ce que je dirai à ma femme, la prochaine fois qu'elle me demandera pourquoi je ne fais pas de jogging : « J'ai peur de manquer. »

Le matin, après avoir dévalé à toute vitesse la cage d'escalier, je surprends Samuel qui me voit arriver à son niveau, dans la rue. Après l'avoir rassuré sur le fait que je partirai avant son arrivée au collège, nous marchons côte à côte. Et plus nous avançons dans l'avenue et moins je trouve les mots, par peur qu'ils ne tombent comme des sentences. L'enfant qui ne m'a jamais quitté regarde son propre enfant. Un sentiment de vertige. Comment devenir ce mur sur lequel il pourrait s'appuyer ? Peut-être parce qu'il a cet air de n'avoir besoin de personne, depuis toujours, même en sortant du ventre de sa mère, il l'avait déjà, avec cette certitude déconcertante.

— Oui, Papa a vu un zombie. Et alors quoi, j'ai peut-être eu tort de vous en parler. Mais merde, si tu voyais un fantôme tu m'en parlerais j'espère ? Tu me dirais, tiens, Papa, j'ai vu un fantôme. Non ? Tu le garderais pour toi ? Je n'espère pas. Si tu vois ta grand-mère revenir, tu me le dirais ? C'est la vie, enfin c'est la vie qui revient, la vie qui circule, la vie qui s'emballe, tu comprends chéri ? Je sais. Tu te dis, Papa est vraiment un original, il se raconte des histoires, eh oui, je me raconte des histoires aussi, mais là, c'est joyeux, attention, ce n'est pas glauque.

— Tu ne veux pas qu'on en parle quand je rentre de l'école ?

Après lui avoir dit que je l'aimais, le cartable jaune de sa copine Capucine arrive à notre niveau et ils reprennent le chemin de l'école, comme si de rien n'était. Ses épaules voûtées trahissent sa lassitude, me donnant le sentiment d'être plus lourd que son cartable bien rempli. Pas un geste pour me dire au revoir. D'autres enfants me bousculent. Je suis perdu. Je n'aurais jamais cru être aussi perdu à mon âge.

Elle sort du café Le Hibou, et derrière elle, portant des lunettes de soleil, une femme très élégante en sort elle aussi. Elles s'embrassent et elle a même un petit geste de tendresse envers ma femme. Une fois seule, la blonde consulte ses messages sur son portable et repart de son côté. Elle marche devant moi. Son cul, ses chaussures, ses jambes, ses chevilles, son cou, ses cheveux. C'est Deneuve, j'en suis sûr, elle a son aura. Même de dos, elle est impressionnante. Elle s'arrête devant un immeuble, rue des Bernardins, compose son code et y entre. Il faudra que je lui explique en quoi ma mère n'est pas comme les autres personnages qu'elle a interprétés. C'est urgent. Et tandis que je m'éloigne avec cette idée en tête, en traversant, une voiture klaxonne et frôle mon jean, à peine le temps de voir la tête affolée de l'automobiliste que la voiture s'éloigne. Mon corps se raidit. J'en ai eu envie. Une envie instinctive, rapide. Pour que tout cela prenne fin. Presque un soulagement. Je pense à mon fils. À sa vie future, à tout ce qu'il a construit et que je pourrais endommager en me tuant. La seule responsabilité que j'ai dans cette existence réside en lui. J'ai de la peine pour lui. Pour tout ce qu'il redoute inconsciemment et qui est peut-être un peu plus grave encore. Un flic au carrefour est en pleine discussion avec l'une de ses collègues, très belle. Quand les flics sont belles, cela me redonne foi en la vie. Cela dit, avec l'âge, même la laideur est devenue attractive. Ou l'idée que l'on s'en fait. Peut-être les conséquences de mon œdipe, celui d'un fils qui aurait tant aimé que sa mère réponde aux canons de beauté, même grosse et avec trois cheveux sur la tête. Une envie de faire l'amour aux femmes qui ne répondent pas aux critères en vogue, pour la venger de tous ces regards hostiles, Robin des Bois des moins courtisées.

Du balcon des voisins, le miaulement de Groopie attire mon attention. Tout le monde dort et c'est l'occasion rêvée pour revisiter l'appartement des vieux, probablement *habité*. Après avoir passé la rambarde du balcon pour la seconde fois, mon gros chat est posté devant leur salon. Une petite lumière tamisée m'indique qu'il y a quelqu'un dans l'appartement. Accroupi derrière les volets en métal pour ne pas être vu, une jambe apparaît, derrière le canapé, et puis deux corps nus, entremêlés, roulant du canapé au sol, enfiévrés. Julien est en train de faire l'amour à une femme aux cheveux blond cendré. Il profite de l'absence de ses parents pour utiliser leur appartement comme une garçonnière. Je ne peux m'empêcher de regarder, c'est aussi dérangeant qu'hypnotisant. Et au moment de retourner le plus discrètement possible sur mon balcon, la porte d'entrée s'ouvre sur Cécile, la femme de Julien qui se dirige lentement vers le salon, sur le point de les prendre en flag ! Ça me rappelle *Body Double*, le film de Brian De Palma, quand le héros observe sa voisine avec une longue-vue et que l'Indien entre par effraction dans l'appartement. Il se retrouve alors malgré lui témoin de l'agression qui n'est en fait qu'une mise en scène. Et tandis que la femme de Julien s'avance dangereusement vers le couple encore haletant, la jeune maîtresse s'enveloppe dans le plaid posé sur le canapé pour venir se cacher sur le balcon. N'ayant pas le temps de retourner sur le mien, ma main se referme sur la bouche de la jeune femme prise de panique en tombant sur moi. Groopie, apeuré, s'éclipse en marchant comme un funambule sur la rambarde et retourne dans notre salon. Après lui avoir chuchoté à l'oreille que j'étais le voisin et ne lui voulais aucun mal, la jeune femme se calme progressivement. Nous assistons à la scène entre Cécile et Julien, et même si nous ne les entendons pas, nous devinons la tension monter au sein du couple. Pour m'assurer qu'elle ne crie pas, je la tiens fermement, dos à moi, sentant la chaleur de son corps. La jeune femme se retourne enfin, et semble très surprise. Elle n'en revient pas et me demande si je suis bien l'acteur de cette série dont elle est fan. Après un temps, je décide de lui raconter tout ce qui m'a conduit sur le balcon des parents, avec elle dans mes bras. En m'écoutant lui parler du scénario de ma femme, de ma panne d'écriture, tout en passant par mon chat sensible aux *présences* venant de l'au-delà, elle se désintéresse progressivement de son homme en pleine crise de couple. Une fois le récit terminé, elle se dit extrêmement touchée par mon histoire. Ce moment nous trouble, tous deux coupables d'être en présence l'un de l'autre. Son corps tremblant de froid contre le mien, le phare de la tour Eiffel qui brasse le ciel dans la nuit, et soudain, comme si elle avait lu dans mes pensées, elle m'embrasse. Le baiser est intense, hollywoodien. Elle entrouvre sa couverture, me dévoilant son corps, blanc et pâle, un peu potelé, comme celui d'un modèle d'Ingres. Je pose ma main sur son sein, avec pudeur, et nous restons ainsi un instant, immobiles, en totale harmonie, pas loin d'un jeune couple en voyage de lune de miel improvisé. Cécile, la femme de Julien, repart en claquant la porte d'entrée, l'inconnue retourne à son tour dans l'appartement. Redevenant instantanément voyeur, je les observe, tous deux assis sur le canapé, lui avec sa tête entre les mains et elle me fixant avec intensité.

Le matin, l'émoji à lunettes de Samuel est au collège. Ma femme a éteint son portable mais n'a pas désactivé l'appli « Mes amis ». Son émoji à couettes est rue Bougainville, rue Bougainville ?!... Chez le producteur ! Dans la rue, mon GPS m'indique qu'elle est toujours là-bas. Il y a parfois un décalage entre la position de l'émoji sur la carte et le déplacement de la personne en temps réel. Une fois arrivé en bas de l'immeuble, le producteur est dos à la fenêtre ouverte, torse nu. Ses avant-bras bougent imperceptiblement, comme s'il tenait fermement quelque chose entre ses mains. Ils se stabilisent et tout en regardant en direction du sol, il contracte son corps, tête en arrière. Ma femme se relève et apparaît dans mon champ de vision, face à lui, nue, les cheveux en bataille, le regard brûlant. Sa main effleure ses lèvres, tout en sensualité. Elle prend de la distance et il s'allume une cigarette en se retournant côté rue, soulagé après la jouissance.

Elle porte sa chemise qu'elle a laissée entrouverte et vient se coller à lui.

Il commence à pleuvoir et une envie de crier « Stella! » comme Marlon Brando dans *Un tramway nommé désir* monte en moi. Dans la scène du film de Kazan, il pleut aussi. Brando est mouillé et son marcel lui colle à la peau. Le producteur referme la fenêtre et disparaît dans l'appartement. À leur sortie de l'immeuble, caché sous un porche, l'eau ferme mes yeux et sa cadence s'amplifie. Leurs mains se rejoignent avant que leurs chemins ne se séparent, ils continuent à se regarder en prenant de la distance et elle disparaît dans la bouche de métro, la robe mouillée collée contre sa peau. Marchant dans les avenues désertées, les passants se sont réfugiés sous les porches des immeubles. Les trombes semblent tomber du ciel au ralenti et je prends la flotte, bouche ouverte.

En rentrant chez nous, elle sort de notre immeuble pour rejoindre Samuel sur le chemin du collège et le protéger de la pluie, me dit-elle. Après m'être abrité sous son parapluie, ses grands yeux me font penser à ceux d'une actrice hitchcockienne. Et si tout cela n'était qu'une mise en scène pour me faire perdre pied ? Comme dans *Body Double* de Brian De Palma ? Tout est trop évident. Son rendez-vous chez le producteur évoqué avec Tania, toutes deux probablement conscientes que je les écoutais ? Ses éclats de rire sur la terrasse, trop explosifs, le mégot du producteur lancé pile à mes pieds, elle à ses genoux qui se relève juste au moment où j'arrive et portant sa chemise entrouverte pour se coller à lui. Son goût pour les films américains m'éloigne du néoréalisme italien auquel je suis plus sensible. Après la pseudo-fellation, elle serait rentrée dans l'appartement, disparaissant de mon champ de vision, elle aurait déclenché mon imaginaire masochiste, mais tous deux à la fenêtre m'offrant l'image d'un couple amoureux, c'était trop. Et le clou du spectacle : eux se quittant sous la pluie, hasard beaucoup trop romanesque pour être crédible. Elle le sait. Combien de fois ai-je pleuré devant la scène où Clint Eastwood regarde Meryl Streep partir sous la pluie dans *Sur la route de Madison.* Mais pourquoi sont-ils sortis à ce moment-là précisément ? Dans la vraie vie, ils auraient attendu que la pluie cesse. Le b.a.-ba. Elle me fait entrevoir tout ce que je perdrais en l'empêchant d'écrire sur ma mère et m'enfonce dans un sentiment de culpabilité. Et le producteur qui ressemble trop à un producteur, probablement un acteur au chômage, ou un ami d'ami, prêt à jouer le jeu, pas crédible lui non plus. Trop bronzé, surjouant le manque de cocaïne. La maladresse d'un mauvais acteur se rapproche parfois plus du réel que les nuances d'un grand acteur n'osant pas, par pur snobisme, taper dans le mille. Mais là, non, je n'y crois pas. Elle ne soupçonne pas à quel point mon esprit d'analyse peut anticiper toutes ces fausses notes. Oh que non. En termes de fiction, il va falloir qu'elle monte le braquet si elle veut me duper. Notre couple est un cloaque, me dit-elle en s'éloignant sous la pluie. Quinze ans de vie commune pour en arriver au cloaque. Mais là encore, depuis quand utilise-t-on ce terme pour décrire la décrépitude d'un couple ? Le sien en plus. Un néant, un couple de merde, une relation pourrie, moisie, nauséabonde, de la merde, quinze ans de trop, un puits sans fond, nocive – très bien – relation nocive, mais un cloaque, non. Une fois au bout de la rue, elle croise une femme aux cheveux violets qui me rappellent ceux de la vieille zombie.

En sortant de l'ascenseur, sur le palier, je tombe sur la jeune maîtresse de Julien qui sort de chez lui, méconnaissable. Elle porte un bonnet bleu ciel et un pull rouge angora et semble tout aussi surprise de me croiser. Nous ne nous parlons pas, comme s'il fallait jouer le jeu de l'anonymat. D'autant que les pas de Julien dans son appartement sont audibles. Elle s'avance vers moi, hésitante, m'embrasse sur la commissure des lèvres avant de partir en dévalant les escaliers de l'immeuble. Jusqu'à la fermeture de la porte du hall, ses pas résonnent, marquant la fin de notre histoire, courte, furtive, sublime. Mon seul regret, ne pas avoir eu le temps de mettre un prénom sur ce visage.

Svetlana, l'une de mes plus vieilles amies, est en pleurs, aux côtés de sa sœur, de sa mère, et de deux femmes que je n'identifie pas, dont l'une est en chaise roulante. Les deux dernières femmes de son père ? Je le soupçonne grâce à leur âge décroissant. Nous sommes au Père-Lachaise. Beaucoup de Mexicains sont présents, il y a beaucoup de beau monde. Aux enterrements, j'ai toujours le sentiment que la vie s'ouvre à tous les possibles. C'est comme si celui qui partait nous laissait entre les mains tout ce qu'il n'avait pas accompli de son vivant. On se sent fort d'être en vie. C'est une situation érogène, je ne peux pas me l'expliquer, mais il me vient toujours l'espoir de rencontrer une jeune cousine éplorée, ou une tante éloignée, ou une vieille amie de la fille du défunt. C'est toujours intéressant le concept de la vieille amie, elle a connu la famille mais plus les amis actuels, elle s'ennuie, pas assez en deuil pour ne pas avoir envie de s'amuser, mais de préférence avec quelqu'un qui serait lui aussi connecté à la gravité de l'événement, pour sa bonne conscience. S'il faut prendre du plaisir au sein du malheur ambiant, autant que cela soit avec quelqu'un qui traverse les mêmes enjeux. Mon regard sur les larmes de la vieille amie contrastera avec le fait que l'on ne se connaît pas et faire l'amour sera alors accessoire. C'est le fantasme de l'avion qui va s'écraser, le temps de la descente serait le moment opportun pour embrasser sa voisine, pour autant que soit une voisine. Nous ne perdrions plus de temps et notre baiser serait à la hauteur du dénouement. Brutal, animal, une vraie collision des corps. Ce serait aussi le moyen pour oublier, et quoi de plus efficace que le sexe pour oublier le drame environnant. On n'a pas trouvé mieux. A-t-on jamais vu des soldats faire l'amour dans les tranchées ? Non. La mort plane, elle les empêche d'espérer, et donc de faire l'amour. Le sexe en temps de guerre, ce serait intéressant de voir si un livre a déjà traité du sujet. Pas celui pratiqué dans les bordels. Serait-ce de l'inconscience ou une forme d'engagement que d'écrire une histoire d'amour érotique pendant la Seconde Guerre. La phrase d'accroche serait :

« Il avait le choix entre rentrer dans la Résistance ou faire l'amour, il choisit l'option la plus héroïque », qui serait évidemment d'aimer plutôt que de rejoindre les rangs de la Résistance.

Ou encore : « Avant de mourir, ils prirent le parti de jouir. » On les retrouverait morts enlacés, avec des impacts de balles, et à côté du lit, un journal de leurs ébats durant toute la période de la guerre. Au début, leur idylle, puis au fur et à mesure des chapitres, leur amour comme seule réponse à la violence. On pourrait avoir une scène poignante durant laquelle les bombardements seraient de plus en plus intenses. L'homme, pris de panique, s'arrêterait pendant l'acte, avant que sa femme ne l'encourage à ne pas se laisser gagner par la peur et continuer, coûte que coûte. En fond sonore, le bruit des pas des Allemands gravissant les étages, défonçant la porte de leur petit appartement avant de les abattre en plein ébat. Faire l'amour serait un acte politique, pas loin de la « marche du sel » de Gandhi.

Soit, cela mérite encore réflexion… Et puis il y a cette vocation secrète de penser que l'on pourrait être celui qui accélère le processus du deuil. Notre rencontre avec la vieille amie à l'enterrement serait une offrande de vie à la mort, un feu d'artifice en hommage au défunt. Comme dans *Le Dernier Tango à Paris*, nous ne nous révélerions pas nos identités, et en nous séparant, nous aurions le regret de ne pas connaître nos prénoms respectifs, ni nos numéros de portable. Et peut-être, je dis bien peut-être, un jour, en parcourant les allées d'un supermarché, nous nous croiserions à nouveau, avec nos caddies, jetant un coup d'œil rapide sur nos achats respectifs pour se découvrir un peu plus. Un Philadelphia zéro pour cent dans le sien me rappellerait les détails si charmants de son corps grassouillet, deux bouteilles de vin sans sulfite me confirmeraient que c'est une bobo. Nous ne serions pas dans de la science exacte mais dans l'interprétation sommaire de l'autre. Quelques paquets de cookies, des cakes au chocolat et une boîte de Haribo trahiraient la mère, ses enfants, une vie de famille, et en repartant chacun de notre côté, nos caddies feraient une petite collision, et confus, sans constat, nous repartirions à des caisses séparées, faisant mine de nous ignorer pour retourner dans nos vies. Mais après un rapide instantané du groupe endeuillé, pas de cousines, ni de cousines de cousines, ni de vieilles amies à l'horizon.

Devant moi, une vieille femme qui sent l'eau de Cologne et chouine dans son mouchoir froissé. Une fois à son niveau, mon amie pleure dans mes bras. Je la laisse pour embrasser sa sœur qui me reconnaît après toutes ces années, et enfin sa mère qui, elle, n'a pas l'air de me reconnaître. Elle ne me trouvait pas assez riche pour sa fille à l'époque. Après avoir pris de la distance avec le groupe, je vois un homme qui se promène parmi eux. Grand, élégant, une classe naturelle. Son trajet n'a aucune logique protocolaire. Aucune logique tout court. Il s'approche de Svetlana, la regarde avec beaucoup d'attention et passe devant la famille éplorée. Et comme un chasseur venant de repérer une proie très rare, le portable le long de mon corps, je le prends discrètement en photo. L'homme n'y apparaît pas. En m'approchant du groupe, et tandis que la famille continue d'accueillir les baisers des proches, il se retourne vers moi et me neutralise par l'intensité de son regard. Je le braque à nouveau avec mon appareil et n'y vois toujours apparaître que le groupe. Un enfant me bouscule dans sa course, sa mère l'excuse auprès de moi et quand je me retourne à nouveau, l'homme a disparu. Après avoir tapé sur le clavier de mon portable le nom du père de Svetlana, les clichés de l'homme politique défilent. Au moment où les proches commencent à se disperser, Svetlana vient vers moi et me demande de la rejoindre chez elle boire et manger quelque chose. Après hésitation, je lui fais part de l'apparition de son père. Elle n'a pas l'air surprise et me prend dans ses bras pour me remercier.

Les invités sont réunis dans le petit jardin de sa maison, proche du parc du Luxembourg. Svetlana fait un speech et remercie les personnes présentes. Notamment un couple venu spécialement de Mexico pour l'enterrement. L'ambiance est détendue. Un serveur propose des canapés et des boissons. Je me fais discret, dans le fond du jardin, observant tout cela à distance. Quand son regard se fixe sur moi… Avec le franc-parler qui la caractérise, elle annonce aux invités qu'un ami proche lui a dit que son père était là, au cimetière. Elle confirme l'avoir senti elle aussi, qu'il était très heureux de les voir réunis, et lève son verre en son honneur, les larmes aux yeux.

Arrivé à proximité de Maubert-Mutualité, heureux hasard, elle porte des lunettes noires et marche en direction des quais.

Quelques passants dans son sillage la reconnaissent et s'excitent sur son passage, et moi à quelques mètres, comme si j'étais du même convoi. Arrivée quai de Montebello, elle descend sur les bords de Seine qu'elle longe un moment puis s'arrête, regarde autour d'elle et rejoint une jeune femme brune qui lui ressemble, sa fille certainement, qui lit un livre, assise sur un banc. Un peu plus loin, les images d'Instagram défilent, pour faire diversion : une recette de poulet aux carottes au curry vert, Trump croqué en nazi, une table de design finlandais, Emily Ratajkowski qui expose ses fesses comme seule carte de visite, une vieille photo de Lee Marvin fumant le cigare, des gens qui s'éclatent et dansent dans un appartement avec vue sur Paris, le monde mis en bouteille. Je continue à descendre du bout du doigt cette fontaine d'images, elles ne sont plus distinctes, j'arrête de les faire défiler, me reprends et relève la tête mais ne les vois plus. Je les cherche du regard, l'actrice est seule et sort un document de son sac, probablement un scénario. L'idée d'aller lui parler me rend fébrile. Je passe une première fois devant elle sans qu'elle ne me remarque, plongée dans sa lecture. Après avoir repris de la distance, je l'observe de loin, mon cœur bat très vite. Comment faire pour attirer son attention sans être lourd ? Je m'approche du banc à pas de Sioux et m'assois à côté d'elle, son visage esquisse un mouvement dans ma direction, elle a identifié ma présence. Assis à un mètre d'elle, mon cœur bat de plus en plus fort, avec cette impression de poser ma caméra à un mètre d'une lionne assoupie en pleine savane. Comment trouver le courage de lui parler ? Les images de ses films défilent dans ma tête, trop fébrile pour l'aborder. *Peau d'âne, Les Prédateurs, Le Sauvage*, entre autres. Tous ces films sont assis là, à côté de moi, contenus en elle. Je n'y arriverai pas. Et pourtant, une force inconnue me pousse à me dépasser. Et dans un moment d'inconscience…

— Vous avez l'heure ?

Elle s'interrompt dans sa lecture, regarde sa montre, et d'une voix qui me semble si familière :

— Quinze heures quarante, dit-elle en basculant à nouveau son regard vers le manuscrit.
— Merci.

Mais quel con, en quoi demander l'heure est un moyen d'engager la conversation ? Sa voix si claire, si droite, ce visage si familier, cette grande dame à un mètre de moi. Au point où j'en suis, je m'habitue à ma propre maladresse. Après tout, elle est coincée sur ce banc, avec moi.

— Excusez-moi…

Elle pose maintenant le manuscrit sur ses genoux, se retourne à nouveau vers moi, m'offrant toute son attention, sous les feux de ses yeux, cachés derrière ses lunettes fumées, on les aperçoit vaguement, ils sont là, clignant avec délicatesse. Ma bouche est sèche, j'ai le trac, comme si je m'incrustais dans la scène d'un film que l'on ne m'a pas proposé.

— Je… Je me permets de vous aborder… Je sais que vous êtes tranquille et que vous n'avez pas choisi de me parler… Mais voilà, je suis le fils d'une femme que vous avez accepté d'incarner. Je suis le fils de la peintre… et je suis son fils, celui du personnage. Et le mari de la scénariste.
— Ah…

— Je suis acteur aussi, mais on s'en fout. Je joue dans une série… Alors, je ne veux pas vous déranger mais voilà, ma mère était une femme exceptionnelle, vous êtes une femme exceptionnelle, et…

— Merci.

— Je vous avoue que ma femme me tuerait si elle savait que je vous ai abordée pour vous parler de ma mère.

— Je ne lui en parlerai pas… répond-elle avec ironie.

— En fait, je ne voulais pas qu'elle écrive sur ma mère.

Elle dépose le manuscrit à côté d'elle, sur le banc, et non plus sur ses genoux.

— J'écris aussi. Sur elle. Sur ma mère. Je voulais qu'elle existe d'abord par ma plume. Je n'ai pas voulu lire le scénario de ma femme. Pour tout vous dire, je lui fais vivre l'enfer.

Elle enlève ses lunettes et plante ses yeux dans les miens. Cette même femme qui a regardé Truffaut, Depardieu, Dewaere, et j'en passe, est assise à mes côtés et me regarde, moi. Et j'ai carte blanche.

— Pendant la guerre, ils étaient cachés, les quatre enfants avec ma grand-mère, mon grand-père qui a été déporté en 41… Et juste après la guerre, ma grand-mère a envoyé ma mère dans une colonie dans les Ardennes belges – nous venons de Belgique. Et elle m'a raconté qu'elle portait un pull d'un bleu qu'elle n'aimait pas, elle n'aimait pas la couleur de son pull. Elle n'avait que six ans à l'époque. Je ne sais plus de quel bleu il s'agissait, vous voyez, déjà là je suis nul parce que si je veux bien la raconter, il faudrait que je me rappelle de quel bleu il s'agit… Mais soit ! Elle arrive dans une grande maison de campagne avec le groupe d'enfants et, dès son arrivée, elle s'échappe du groupe, court dans la forêt aux alentours de la maison, trouve un endroit calme, creuse un trou dans la terre avec ses mains, et y enterre son pull bleu. Elle remet de la terre dessus, quelques branches et des feuilles pour être sûre que personne ne le retrouvera et repart vers la maison, elle se fait punir par les moniteurs inquiets de son absence, mais ce qu'elle m'a dit, c'est qu'elle s'est sentie soulagée, elle s'est sentie revivre en se débarrassant de ce pull. À six ans, elle avait déjà cet amour de la couleur, viscéral, inexplicable.

Je m'arrête de parler. Elle m'écoute, et pourtant je sens bien qu'elle est distraite par quelque chose, peut-être est-ce trop lourd ? Ai-je déjà été trop loin ? Ou est-ce cette anecdote qui n'a pas d'autre intérêt que celui que je lui porte ?

— C'est beau.

— À quelques mois de sa mort, elle a voulu que je l'accompagne chez Sennelier pour s'acheter de la peinture. Elle avait du mal à marcher mais il n'était plus question de l'arrêter. Ces quelques mètres la séparant du présentoir étaient ceux de sa dignité retrouvée. Elle a eu du mal à utiliser la motricité de ses mains pour attraper les tubes de peinture. Une femme s'est impatientée derrière nous et je me suis excusé, très stressé de vivre un moment aussi important dans un endroit aussi banal. Vous savez, c'est comme dans les films d'Asghar Farhadi, le drame se joue dans les endroits les plus quotidiens, le rendant d'autant plus intense. Pas de pathos. Même si, attention, j'adore ça, le pathos. C'est un peu la sucrerie que l'on se refuse par snobisme mais que l'on dévore une fois que tout le monde dort. Enfin, excusez-moi, ce n'est pas le sujet… Quand nous sommes enfin arrivés à la caisse, elle a posé ses tubes sur le comptoir, l'un après l'autre, parallèles, a composé son code de ses doigts tremblants. Une fois de retour dans sa chambre d'hôpital, elle s'est allongée, souriante, sereine. C'était une fin de journée d'hiver, et en marchant vers la sortie de l'hôpital Tenon, j'avais le sentiment d'avoir vécu ce genre de moment qui nous console un peu de la cruauté de l'existence. Ce n'était peut-être rien, mais pour moi, c'était l'amour de l'art comme une fin en soi, une réponse au monde, à la misère, un refuge pour les égarés. J'ai longtemps pensé que son entreprise était une religion. Je me suis peut-être fait des illusions, m'identifiant à son parcours, me pensant au-dessus des lois, mais je n'ai jamais eu son courage, je l'ai juste accompagnée. Et aujourd'hui, je me demande si je ne me suis pas fait avoir. Son combat était trop puissant pour que je ne m'y identifie pas. C'est probablement pour ça que ce livre serait une manière de parler, à travers elle encore, mais par le biais de mon écriture. Excusez-moi, je ne sais pas pourquoi je vous raconte tout ça...

— Ne vous excusez surtout pas.

— J'ai l'impression que plus les années passent, et plus elle m'échappe. Elle disparaît.

— Vous ne pouvez pas vous infliger autant de pression. Bon et alors vous allez faire quoi avec votre femme ?

— Je ne sais plus. Et puis, depuis que je me suis mis en porte-à-faux, vous pensez bien, notre couple n'est pas au mieux.

— Je ne pense pas que son scénario aille contre ce que vous écrirez sur votre mère. Plus elle existera sous d'autres formes et plus elle restera en vie. Vous ne pouvez pas la garder que pour vous.

— Non, bien sûr... Mais cela implique une générosité qui va bien au-delà de ce que je pensais. C'est comme si j'allais faire un film et qu'un réalisateur me piquait l'idée.

— Les idées se ressemblent toutes. Vous ne ferez pas la même chose.

Elle remet ses lunettes, reprend son manuscrit, me regarde avec beaucoup de gentillesse et prend congé.

J'aimerais encore lui parler de ma mère. De mon chat sur le point de devenir le premier chat parlant, de la vieille zombie et de la maîtresse de mon voisin.

J'hésite à l'appeler par son prénom mais ce serait présomptueux. En partant, je sens son regard dans mon dos et contracte mon cul pour lui laisser la meilleure impression possible. Je m'éloigne avec la sensation que ses yeux me regardent partir comme elle a regardé partir Trintignant, Delon et d'autres. Son regard fait de moi un autre homme. Les mètres qui me séparent d'elle me galvanisent, elle m'a offert son attention, son temps, et elle pourrait incarner ma mère, ma mère au cinéma, ma mère en plus bourgeoise, en moins folle, mais ma mère distillée au plus grand nombre.

En rentrant chez moi, seul dans l'appartement, je m'installe dans le canapé avec une folle envie d'écrire. Sur le centre de mon écran, un nouveau dossier nommé « SWITCH ». Je l'ouvre et le lis.

Papa, t'es un peu parano ces derniers temps. T'es mon PAPARANO. Maman elle a bien ri quand je le lui ai dit, ça faisait longtemps qu'elle n'avait pas explosé pas de rire. T'es mon Paparano et je t'aime. La Switch c'est vraiment super, je voulais que tu le saches, regarde sur Internet, et en plus on peut jouer à plusieurs, tu vois, ce n'est pas comme la Playstation 4, et en plus, je peux l'emmener où je veux. Le téléchargement des jeux se fait plus rapidement. Je ne veux pas insister mais j'ai une moyenne générale de 17 ce trimestre. Je dis ça je dis rien. En plus on peut l'acheter avec un jeu gratuit inclus chez Micromania. César en cinquième 2, il habite en face de chez nous. Il t'a vu passer dans le vide pour aller sur le balcon des voisins et m'a demandé si mon père voulait se suicider. La vie est longue, et quand je te l'ai dit l'autre jour, tu t'es fâché, tu ne voulais pas que je dise ça à mon âge. Mais c'est vrai, je ne sais quoi faire de tout ce temps, tu m'as dit qu'il ne fallait pas que je parle comme ça. Ben oui mais c'est vrai. Déjà à mon âge je m'ennuie. Tu m'as dit qu'il fallait que je trouve une passion, que ça donnerait un sens à ma vie. Mais pour l'instant, je n'ai pas de passion, si, j'aime dessiner, c'est vrai. Mais au fond, je crois que j'ai raison, c'est long, c'est du luxe même… Regarde ta grand-mère, 97 ans, elle en a marre de vivre et pourtant son corps ne lâche pas, « la machine est trop solide » comme elle dit. Même là, quand je t'écris, le temps est long. Tout ça pour te dire que si tu voulais te suicider je te comprendrais. Je n'ai pas envie que tu le fasses mais je comprends. Juste, ça me ferait bizarre que tu le fasses chez nous. Passe chez le notaire avant. Ah ah ah. Tu sais, quand tu m'as dit qu'il fallait s'arrêter en voiture pour ne laisser que les jolies filles traverser sur les passages piétons, et tu m'as dit que c'était une manière de m'apprendre à réfléchir et à faire le contraire en laissant passer les moches aussi. Eh bien je te dis de te suicider pour te faire réfléchir.

Bien à toi, ton fils. Que tu appelles parfois « fils », comme si je pouvais oublier que je l'étais. Ah oui, j'allais oublier. C'est gênant. César t'a vu embrasser une femme sur le balcon. Je pense qu'il m'a dit ça pour me faire chier. Mais bon, te connaissant… Oh ça va, je sais que tu sais que je sais… Et je ne l'ai pas dit à Maman non plus. Voilà Papa, sache que la Switch n'est pas la condition de mon silence. Mais c'est vrai que vu mes bonnes notes et pour le reste, ce serait bien que tu me l'offres. Au moins avant que tu te suicides.

Dans la nuit, en me dirigeant vers la salle de bains, je tombe sur la maîtresse de Julien qui se tient immobile, au bout du corridor, ne sachant pas trop comment justifier sa présence chez moi. En allant à sa rencontre pour lui parler, elle disparaît en direction de l'entrée. Une fois dans le salon, sa silhouette réapparaît sur le balcon mais en plaquant mes mains contre la porte vitrée, je ne la vois plus. En sortant pour me pencher par-dessus la rambarde, elle ne gît pas au sol, dans la rue, ni sur le balcon des voisins. Les lumières du salon s'allument et m'éclairent comme un lapin pris sous les phares. Ma femme est là, à moitié réveillée. Samuel la rejoint, en panique, et tous deux me regardent de l'autre côté de la porte vitrée, inquiets. Ne sachant pas comment justifier mon état de panique, reprenant ma respiration, l'idée qu'elle puisse être complice de ma vision me passe par la tête. Et si son envie de me faire passer pour fou était plus élaborée que je ne le soupçonne ?

Minuit et demi. Nous sommes tous les trois en train de jouer au Uno autour de la table basse du salon pour rassurer Samuel sur mon état. Il a mis du temps à retrouver son naturel mais il triche de manière éhontée et gagne. On le laisse faire, attendris. Cela faisait longtemps que nous n'avions pas été tous les trois, ensemble, en harmonie, du moins en apparence. Ma femme prend des airs d'oiseau tombé du nid, jouant avec les cartes, fébrile. Samuel me donne de l'attention même s'il est fatigué et n'hésite pas à crier « contre-Uno » dès que j'oublie de dire le mot magique, surexcité. Nous commençons à fatiguer, tous les trois. Une heure et quart. Il retourne se coucher. Elle me fait signe de l'accompagner. Pour la première fois depuis pas mal de temps, il me prend dans ses bras. L'odeur de sa peau, son cou tout chaud, ses cheveux, il fait glisser son index sur mon nez et file jusqu'à ma bouche, me pince les joues tendrement, pour tester leur élasticité, détaille mes traits et me demande ce que je faisais en panique sur le balcon à cette heure. Un temps durant lequel il me regarde, en attente de ma réponse. Et sa peine pour moi me fait de la peine, c'est comme si son processus de croissance s'accélérait par ma faute. Une femme s'est introduite chez nous par effraction. Il me demande qui est cette femme, triste pour son père qu'il pense en plein délire. Une femme qui n'a aucune raison de venir chez nous, alors forcément, j'ai pensé qu'elle pourrait être… Il attend la fin de ma phrase, ses petites mains agrippées aux draps, impatient. Mais après hésitation, je ne la finis pas et il s'endort devant moi, m'offrant le spectacle de son abandon.

Devant le cimetière, la médium menottée se fait embarquer par deux flics. Elle ne me lâche pas du regard en rentrant dans le fourgon que je regarde s'éloigner. À quelques mètres de la tombe de ma mère, le fils de la veuve s'avance vers moi en accélérant le pas et me prend à l'écart des tombes, sur l'allée centrale. La médium, qu'il pense être ma complice, profitait du désarroi de vieux veufs et vieilles veuves pour leur faire croire qu'elle communiquait avec leurs défunts et a été dénoncée par une petite vieille à qui elle soutirait de l'argent depuis des années. Après notre rencontre qu'il pense donc préméditée, il a commencé à douter : j'étais le deuxième à avoir vu sa mère et c'est moi qui l'ai fait chavirer dans l'espoir de la retrouver. Comment ai-je pu profiter de sa détresse, exploiter sa douleur ? Il est à la fois hagard et plein de rage et sans me laisser le temps de me justifier, il me saute dessus maladroitement et nous tombons au sol. Dans le dernier match de

MMA que j'ai visionné, Cody Garbrandt, avec son col roulé de tatouages, pensait qu'il en avait fini de son adversaire à la fin du premier round. Mais la force mentale de Dillashaw a renversé le match et il l'a achevé au round suivant. J'encaisse ses coups avec l'impression de contrôler le combat, comme dans une partie d'échecs, j'attrape son poing lancé à toute vitesse, enroule mes jambes autour de son bras, comme un serpent, le retourne ainsi en le bloquant dans une position de jujitsu que j'ai vu faire pas mal de fois durant les combats. Il est à ma merci, coincé. Normalement, c'est le moment où il tape au sol pour que l'arbitre arrête le match… Il respire de plus en plus difficilement, suffoque même, son regard sur moi est maintenant suppliant. Je tire son bras vers moi, un peu plus, pour accentuer la douleur, le fais grimacer. Pour une fois que je peux briller dans une baston.

— Si je te relâche, tu vas te calmer ?

Il hoche la tête.

— Tu vas m'écouter ?

Il hoche la tête.

— Pour de vrai ?

Il hoche la tête. C'est fou ce que la douleur peut nous faire dire.

— Sûr ?

J'ai visionné trop de combats pour ne pas faire durer le plaisir mais la main du vieux gardien du cimetière tire mon col de chemise et nous sépare en moins de deux, nous ordonnant de quitter les lieux.

Nous repartons ensemble, sonnés. Il se touche le bras, apparemment, ma clé lui laisse des traces. Arrivés sur le boulevard Edgar Quinet, nous sommes pris d'un fou rire nerveux, tous deux gênés par le ridicule de la situation. Son visage jusque-là si sombre s'illumine.

À la terrasse d'une brasserie parisienne, je lui raconte alors le déroulé des derniers jours. Tout ce qui a bouleversé mon quotidien et la véracité de ce moment passé avec sa mère. Lorsque je lui décris son regard, il est sidéré. Enfin quelqu'un qui me croit. Deux mères mortes et voisines de tombes… Il est dans le cinéma et vient de produire un premier long-métrage. Il ne m'avait pas reconnu mais maintenant que je lui dis que je suis acteur, il fait mine de se rappeler mon visage, par courtoisie. Il s'excuse de ne pas avoir vu ma série et me laisse sa carte avant de s'éloigner.

Dans le hall de l'immeuble, mon reflet dans le miroir me rappelle l'affiche de *La Dame de Shanghaï* d'Orson Welles. Le couple est vu sous différents angles, dans la réflexion du miroir, Orson Welles enlace Rita Hayworth qui a le visage en arrière. Il est difficile de décider si elle se refuse à lui ou si l'attirance est trop intense pour qu'elle ne cède. Cécile, la femme de Julien, est accroupie devant l'ascenseur et referme les derniers boutons du manteau de sa petite fille. Elle me regarde du coin de l'œil et délaisse sa fille pour me rejoindre. Julien s'est enfermé dans l'appartement de ses parents, me dit-elle d'une voix tremblante. Quand elle est venue le voir pour lui demander de rentrer, il a fondu en larmes. Cela fait deux jours qu'il n'est pas sorti. Elle me supplie de l'aider. Un soir, elle l'a même retrouvé nu, assis sur le canapé du salon. Gêné par cette dernière révélation, je lui promets de passer le voir.

La petite fait des allers-retours dans le hall et nous regarde en souriant. Cécile tombe dans mes bras, en sanglots, très fragilisée, la petite se joint à nous et entoure nos jambes de ses bras. En me détachant d'elle, gêné, sa tête tombe en arrière, exactement comme celle de Rita Hayworth.

Nous mangeons tous les trois devant la télévision. Des pennes plongées dans du fromage fondu, comme il les aime. En regardant la cloison qui me sépare de l'appartement voisin, Samuel me lance un regard et sourit. Combien de repas à trois nous reste-t-il avant de nous séparer ? C'est comme si la morphologie de notre famille se recomposait naturellement autour d'un plat de pâtes.

Plus tard, en passant sur la pointe des pieds devant notre chambre, la lumière de la table de chevet est allumée, ma femme est assise dans son lit, le visage tourné vers la porte. J'entre prudemment. Sa main caresse les draps et sans me laisser le temps de réfléchir, elle est nue sous sa couette qu'elle ouvre comme l'on tourne une page de roman pour passer à un autre chapitre. Aucun détail de son corps n'a été épargné par mon regard hargneux et il m'est difficile de la considérer comme un objet de désir. Sa petite cavité derrière son oreille droite, proche de celle d'une oreille d'éléphant, son sein gauche plus pesant que le droit et l'entraînant dans sa chute. Même sa bouche ourlée me semble aplatie de bêtise. Dans son regard, les mêmes réticences à mon égard, ses yeux parcourent mes grands lobes proches de ceux d'un sage hindou, mes yeux exorbités comme ceux d'un Bart Simpson vieillissant, mon bide rentré mais pas assez pour faire illusion, et mes chaussettes toujours à mes pieds.

Nos corps sont lourds, comme ceux de deux vieux dans un Ehpad qui décideraient de s'y essayer une dernière fois avant de passer l'arme à gauche. J'ai du mal à soutenir son regard et ses yeux brillent dans la semi-obscurité. Pourquoi relance-t-elle notre vie sexuelle alors qu'elle n'en a pas plus envie que moi ? Probablement pour ferrer sa victime, la sentir à sa merci. Nos ébats me rappellent mon histoire du couple faisant l'amour sous les bombardements. À la seule différence près que les tranchées se sont transformées en matelas Bultex avec une mousse régulatrice de pression. Elle jouit, moi après, par galanterie, ou par stratégie. Je ne sais plus. L'origine de notre jouissance est semée de leurres et elle se retourne, allume sa lampe de chevet, me laissant un créneau pour sortir de la chambre.

Dans la chambre du fond, je suis sur le point de sombrer dans le sommeil quand la queue de Groopie glisse sous mon nez et se relève en levier pour m'offrir une vue imprenable sur son anus en guise de cadeau de réveil.

Après une heure de guet, elle dort enfin et je sors par la porte d'entrée cette fois. Sur le palier, après avoir frappé chez Julien, la lumière s'éteint dans la cage d'escalier. Au moment d'abdiquer, la porte s'ouvre brutalement sur lui, pâle, le regard absent. Sa chemise entrouverte découvre son torse imberbe de vieil adolescent. Il a un tatouage sur le pectoral gauche, un cœur avec des initiales qui ressemble plus à une erreur de jeunesse qu'à une initiative récente. Il m'invite à entrer chez ses parents, pieds nus, marchant sur des lettres qui parsèment le sol. Assis dans le fauteuil du salon, il s'allume une clope et tire dessus, songeur. Ses yeux brillent derrière la fumée. Il écrase son mégot dans un petit morceau de papier qu'il met en boule, se lève, prend un livre dans la bibliothèque de ses parents, en feuillette quelques pages distraitement, le repose et s'effondre. Dévasté, il ramasse les lettres au sol et m'avoue, coupable, qu'il trompait sa femme. Il me confie que sa jeune maîtresse est morte ce matin dans un accident de scooter. Sa meilleure amie l'a appelé pour le lui dire. Ils venaient de se quitter la veille. Difficile de masquer le choc que la nouvelle provoque en moi. Son corps tremblant de froid sur le balcon, ce baiser hors du temps, sa beauté surnaturelle, nous voilà tous les deux la pleurant sur son canapé. Ce n'était peut-être pas une apparition hier soir. Pourquoi est-elle passée chez moi ? Voulait-elle me transmettre un message ? Elle devait soutenir sa thèse en lettres modernes et rêvait de devenir écrivaine. Ils se sont rencontrés dans un bar proche de la Sorbonne. Tous les jours, à l'ouverture, elle était assise à la même table, pour travailler. Il avait pris l'habitude de venir prendre un café à ses côtés… Après un an de relation, elle n'en pouvait plus de se cacher et il lui avait promis de quitter sa femme. Elle s'appelait Domitille. Un prénom de fleur méconnue. Il ouvre une bouteille et me sert un verre de whisky, le regard rivé sur ses lettres d'amour comme autant de souvenirs. Un autre verre que je bois cul sec. Bientôt la bouteille est vide à nos pieds. Il prend un petit carnet Moleskine qu'il ouvre avec précaution, me précisant que c'était le journal intime de Domitille. Il aplatit une page avec sa main et commence à le lire.

C'est à peine sortie de mes premières amours que je tombe amoureuse de Julien et son CV bien chargé : deux mariages, deux divorces, des enfants en bas âge. Ses cheveux gris, ses rides, tout contraste avec la peau de lait de mon ex. Cela dit, je me faisais bien chier avec Corentin. Qui s'appelle encore Corentin aujourd'hui ? Julien a eu ce regard sur moi, si doux, qui me donne des ailes. C'est tellement excitant de se retrouver dans ces hôtels, en plein après-midi. Nos deux corps, la ville qui palpite, son regard sur moi, nous ne sommes là que l'un pour l'autre. Rien ne compte plus que le plaisir de nos corps à être ensemble. Et puis les coups de fil de sa femme, le temps de fumer une clope à la fenêtre, entendre sa voix se justifier derrière la porte de la salle de bains. Regarder les Parisiens dans la rue courir au travail, les livreurs qui déposent des colis, les camions arrêtés, les chauffeurs de taxi qui s'insurgent, et moi, nue et enroulée dans un drap comme Cléopâtre, fumant ma clope, la vie devant moi, insouciante, avec le plaisir comme seul devoir, celui qu'il me donne et que je lui rends bien. Le reste de ma vie ne sera peut-être plus que le souvenir de cette intensité, celle que l'on ne peut pas planifier, celle de la passion qui nous épargne du malheur du monde. Quand il sort à nouveau de la salle de bains, tout nu avec son portable à la main, un peu ridicule, il me sourit et je regarde mon mégot virevolter dans les airs pour tomber aux pieds d'une vieille dame scandalisée. Puis nous nous quittons pour retourner à nos vies respectives, lui avec sa femme et sa fille, et moi, plus seule que jamais, abandonnée à la mienne, errant le long des quais en regardant les jeunes de mon âge se retrouver. Après avoir oublié sa présence, elle revient entre mes mains pleines de son odeur. Et je souris. Notre amour durera le temps de le consumer. La sonnerie d'un sms qu'il vient de m'envoyer de sa cuisine, en planque, il me dit qu'il m'aime et que bientôt, nous vivrons notre histoire au grand jour.

Quand la porte de l'appartement de ses parents absents s'est ouverte, et que pas loin de jouir, j'ai entendu la voix de sa femme... À peine le temps de me couvrir avec le plaid à fleurs du canapé et courir me cacher sur le balcon pour ne pas être prise en flag. C'est comme si j'étais passée d'un drame à l'autre, l'image enfin concrétisée de lui et de sa femme à quelques mètres de moi, au moment de cette agression sur le balcon. La main de l'inconnu a relâché la pression sur ma bouche. Et quand je me suis retournée, j'ai reconnu l'acteur qui joue dans cette série. Je ne me rappelle plus son nom. Il joue toujours des personnages un peu maladroits, à côté de leurs pompes. Il a la tête inoffensive d'un chien avant la promenade.

Julien interrompt sa lecture, se gratte la gorge lourdement. Le malaise est palpable et les effets de l'alcool me rendent la tâche plus compliquée. Il me demande s'il doit continuer à lire et n'attend pas ma réponse avant de reprendre, appuyant la prononciation de chaque mot, comme s'il s'adressait à un étranger parlant mal le français.

Je ne sais plus où je suis, ce que je fais là, le monde est à mes pieds, comme si j'étais suspendue à ce balcon, au-dessus du réel. Julien parle à sa femme, et même si je n'entends pas ce qu'ils se disent, son corps parle, il n'est plus l'amant me promettant monts et merveilles mais un homme perdu dans ses mensonges, justifiant sa nudité improbable dans le salon de ses parents. Il a perdu de sa superbe. L'acteur me raconte les raisons qui l'ont amené sur le balcon, toutes plus farfelues les unes que les autres. Son chat qui aurait visité l'appartement des parents de Julien pour y dénicher des fantômes. J'ai envie de rire mais il me parle de sa mère morte qui n'arrête pas de se manifester sur des photos, il les fait défiler mais je n'y vois que des selfies ratés. Je n'ai pas envie de le contredire alors j'émets des « ah » et des « oh », histoire de participer. On dirait une version bobo parisien de Don Quichotte. Il fouette l'air avec ses mains, s'emballe, à mon avis, ça va être compliqué pour lui, il décroche avec le réel, ce monsieur. Il faut le ramener chez lui avant qu'il oublie où il habite… Il me parle d'un zombie aux cheveux violets aussi. Oui, la coloration chez les fantômes, c'est très répandu, ils se font chier et se font des couleurs, des permanentes, et pourquoi pas des pédicures aussi, tiens ?

En même temps, il ne fallait pas que je m'attende à un discours cohérent venant d'un homme sur le balcon de ses voisins en quête de sa mère morte. La folie est émouvante quand elle ne fait pas de mal. Il est émouvant, je pense que dans le fond, il doit se faire chier, probablement entre deux saisons de sa série, et il s'est inventé un rôle, chasseur de fantômes. Puis il a beau être fou, il a du charme, après tout. L'instant est roi et se fout de la propriété des corps, il est intransigeant, amnésique, cruel. Il nous offre le plus beau des cadeaux, celui de ne plus être que sa victime consentante. Alors, comme pour me venger de la veulerie de Julien auprès de sa femme, j'embrasse l'acteur qui ne s'en souviendra probablement plus, il pensera avoir embrassé une jeune fantôme. C'est étrange, cette capacité à être heureuse à l'endroit même du drame.

Les mains de Julien tremblent. Son visage est rouge de rage et il ne décroche plus ses yeux du texte, comme si me regarder lui était devenu insupportable.

La femme quitte l'appartement, je laisse mon bel inconnu complètement fou sur le balcon et retourne auprès de Julien. Mais je sais qu'il est toujours là. Alors je ne suis plus l'amante qui console son homme, mais celle qui guette le regard de cet étranger sur ma vie. Nous avons partagé en deux minutes ce que peu de couples partagent en une vie. Sûrement parce que la mise en scène de notre rencontre était proche de la perfection. Juste un baiser avec un inconnu un peu connu.

Julien referme le carnet, le pose, reprend son verre de whisky, boit une gorgée, le visage fermé. Je ne suis pas très résistant à l'alcool mais ne reconnais pas les symptômes habituels. Nous voilà soudain plongés dans une sombre affaire d'adultère entrecroisé. Il s'approche de moi et m'étrangle, mais au ralenti, je suis tellement stupéfait que je ne réagis pas. Ses mains autour de mon cou se resserrent et j'ai de plus en plus de mal à respirer. Et pourtant, à moitié suffoquant, je ne lui oppose aucune résistance. Peut-être parce que je le comprends. À ses yeux, me tuer est la dernière preuve d'amour possible. C'est comme si je le laissais seul face à sa propre violence. Est-ce le lourd héritage de toute ma famille décimée sans se révolter ? Pourquoi n'ont-ils pas pris les armes ? Ne sont-ils pas passés dans la résistance ? Ils se sont cachés comme des bêtes à l'affût du moindre bruit dans l'immeuble, avec la peur que l'un des voisins ne les dénonce. Comme ce jour où mon oncle a perdu son étoile juive et que le jeune voisin rexiste l'a retrouvée dans la cage d'escalier et la lui a rapportée. Ils sont restés chez eux, avec la crainte qu'il ne les trahisse. La peur au ventre, encore des années après la guerre, quand je sonnais à leur porte en me présentant comme un Waffen SS, sadique comme les enfants peuvent l'être, et que la porte de ma grand-mère restait close. Combien de fois, mon cousin et moi avons-nous poursuivi mon oncle dans la rue en l'appelant Adolf, jubilant de le voir accélérer le pas, comme un crabe que l'on essaye d'écraser, rasant les murs en gémissant d'un cri sourd, avec ses jeunes neveux idiots qui n'arrêtaient pas de scander « Adolf, Adolf ! » en le suivant inlassablement. Et pourquoi ma grand-mère est-elle retournée acheter du pain chez la boulangère qui avait dénoncé des juifs ? Pourquoi cette compréhension passive ? D'où nous vient cette résignation devant l'horreur, comme une fatalité ? Sagesse ou lâcheté ? Pourquoi ne pas brandir les armes de la vengeance ? Et cette fébrilité face à l'ennemi qui passe les générations. Suis-je condamné à n'être qu'un gibier ? Comme ces lièvres qui sautillent avant de se faire tirer dessus par les chasseurs ? Y a-t-il deux types de races sur terre ? Les chasseurs et les gibiers, comme au temps de la préhistoire ?

Le manque d'air me rend de moins en moins lucide et le visage de Julien se déforme. Une pensée pour mon fils à quelques mètres du dernier soupir de son père. On frappe à la porte. Ses mains se détendent et il semble soulagé de ne pas avoir à finir ce qu'il a entamé. Je tousse et reprends mon souffle, difficilement. Il approche son visage du mien et me promet que j'ai de la chance ce soir, mais qu'elle ne durera pas. Il a dû voir trop d'épisodes des *Soprano*, n'est pas James Gandolfini qui veut. Il se dirige tant bien que mal vers la porte d'entrée. Cécile entre dans l'appartement avec la petite dans ses bras, jette un coup d'œil dans ma direction, à travers la porte vitrée. Elle me désigne du doigt, en panique. Ils n'ont pas l'air d'accord, probablement sur mon sort. Le ton monte. Je n'entends pas ce qu'ils se disent mais l'on tire sur ma chaussette. La petite est à quatre pattes et escalade ma jambe. Je n'ai même plus la force de l'en empêcher quand elle grimpe sur moi et commence à me pincer les joues. Je ne vois plus que son gros visage d'enfant qui bave s'approcher du mien, inéluctablement… Faut-il que je la prenne en otage et menace ses parents ? Elle insère avec joie ses deux pouces dans mes narines et les écarte pour mieux y voir. Et puis plus rien.

Nu et recroquevillé dans la baignoire, ne me rappelant plus les conditions de mon retour, ma femme me douche, sans ciller. Cécile, la femme de Julien, est là, en retrait, dans le corridor, s'inquiétant de mon état, pas du tout gênée de me voir à poil. Tandis que l'eau coule sur mon corps, l'idée me vient que Julien et sa femme sont au courant de notre conflit, et même, y jouent peut-être un rôle ? La rencontre avec sa jeune maîtresse sur son balcon, son journal intime. Les mots qui font mal et tombent à pic. Ma femme aurait très bien pu l'écrire. La voix du narrateur me semblait familière, bien plus que celle d'une jeune inconnue rencontrée par hasard sur le balcon. Elle m'aurait écrit tout ce qu'elle n'ose me dire en direct. Même leur histoire d'adultère, cela m'a fait penser à la mienne, celle dont je ne lui ai jamais parlé mais qu'elle aurait très bien pu imaginer, se délectant de me la renvoyer à la gueule par le biais d'une inconnue relatant sa propre histoire. Le complot est de haute volée. La jeune maîtresse n'est peut-être pas morte, ils ont joué avec mes nerfs, la faisant venir chez moi pour me faire croire à l'existence de son fantôme. Elle serait repartie par la porte d'entrée alors ? Grelottant dans cette baignoire comme un oiseau piégé, ma nudité me semble proche de celle de mon grand-père déporté. Les ennemis ne se ressemblent plus, ils ont pris forme humaine, ils se reproduisent, l'histoire se répète, me voilà condamné au sein même de mon foyer. La situation me fait penser au film *Rosemary's Baby*, quand Mia Farrow comprend que son mari et les voisins sont tous de mèche. Et mon fils qui me demande ce que je faisais sur le balcon hier soir... Comment ma femme et lui se sont-ils tous deux réveillés alors que je n'ai pas crié ? Jouent-ils la comédie de la normalité pour mieux m'endormir ? Même ce Uno improvisé en pleine soirée, était-ce réellement pour rassurer Samuel sur mon état ou une requête de ma femme pour lui faire croire que je suis passé de l'autre côté ? Me voyant revenir à moi, elle remercie Cécile de son soutien et la laisse repartir. Celle-ci ne prend pas la peine de me saluer, me regardant comme un légume trempé dans l'eau. Ce sentiment de trahison, dans tous les recoins de mon intimité. Et tandis que je suis traversé par ces pensées, le visage de ma femme reste impassible. Rien ne pourrait mieux exprimer l'image de la trahison que son visage à travers le jet de la douche, comme une voyeuse derrière des persiennes.

Ma femme m'a demandé de l'accompagner chez l'actrice qui veut rencontrer le fils de celle qu'elle va incarner. Voilà donc la raison pour laquelle elle s'est offerte à moi hier soir. Pour légitimer ma présence à ses côtés sans avoir à s'en justifier. Nous arrivons devant une porte en bois massif, au deuxième étage fond de cour d'un immeuble haussmannien. La sonnette est en plaqué or et ses initiales sont inscrites dessus. La porte s'ouvre et nous la découvrons au naturel, presque pas maquillée. Elle nous invite à boire un thé autour d'une table basse, faisant mine de ne pas me reconnaître, avec un naturel désarmant. C'en est presque déroutant. « Ma mère serait très heureuse à l'idée que cela soit vous », lui dis-je poliment. Elle reste impassible au compliment, trop habituée à la flagornerie. Quand l'actrice me parle du scénario, ma femme est très surprise d'apprendre en même temps qu'elle que je l'ai lu. Souffrant chaque page devant son écriture incisive, décrivant ma mère malade passant à pas de loup devant notre chambre pour se rendre dans le salon, en pleine nuit, alors que nous faisions l'amour, étouffant notre envie de rire en voyant sa silhouette passer. Tous les jours, assise à la table du salon, un carnet de dessin ouvert, ne pouvant s'empêcher de commenter nos allées et venues, comme une voix off permanente sur notre quotidien. Une séquence de son scénario m'a rappelé la violence avec laquelle je lui avais dit que sa maladie ne lui donnait pas tous les droits, qu'elle n'était pas une vache sacrée en Inde. Elle avait éclaté de rire, sous le charme de la comparaison. Ce franc-parler que nous avions dans la vie, comment pourrait-il être bien retranscrit dans son film ? Comment ne pas faire de mon personnage un monstre ? Ma mère m'avait promis de se faire plus discrète, insinuant que sa mort lui clouerait le bec définitivement. Et que cela ne serait pas plus mal après tout. Et puis c'était parti pour un tête-à-queue, elle me donnait raison, se reprochant de trop parler, d'avoir toujours trop parlé, de n'avoir jamais su être silencieuse, qu'un jeune couple avait besoin de vivre sans la présence d'une mère malade chez eux, que c'était déjà héroïque de l'avoir accueillie tout ce temps, un privilège pour elle de nous voir exister. Après, son silence appuyé avait vidé toutes les pièces de l'appartement, brutalement. Elle avait ce pouvoir. De nous rincer et de nous faire briller, les deux simultanément.

À la maison de soins, à deux jours de sa mort, me parlant d'une infirmière qui l'avait énervée, inconsciente – volontairement ou non – de sa fin proche, elle m'avait dit : « Si ça continue comme ça, je vais me suicider ! » Et moi de lui répondre : « T'inquiète pas, tu n'auras pas à le faire ! », ironisant sur son sort. L'humour était peut-être le seul moyen trouvé pour lui dire à demi-mot qu'elle allait partir. Pour qu'elle le sache et lui prouver que nous serions à la hauteur de l'événement. Plus le moment fatidique se rapprochait et plus j'avais le sentiment de n'être qu'un étranger, indigne d'assister à ce niveau insensé d'intimité. Un intrus auprès de ma proche si proche. Et pourtant, je l'avais secrètement souhaitée, sa mort. Trois ans de combat à l'hôpital, mes sorties à l'épicerie du coin pour lui rapporter des bières sans alcool, les médicaments qu'ils n'avaient plus en stock à l'hôpital, ouvrir sa mutuelle, lui acheter des pastels pour qu'elle puisse continuer à travailler dans sa chambre, et les tournages qui me donnaient de bonnes excuses pour m'absenter parfois. Elle avait pris des habitudes d'enfant gâtée pourrie, ce qui nous valut des retours désobligeants du chef de service : « Votre mère doit comprendre que ce n'est pas un atelier mais un hôpital. » Elle ne voyait pas en quoi le fait qu'elle peigne puisse leur poser problème. Ils devaient plutôt se magner de la sortir d'affaire, elle n'avait pas que ça à faire. Et puis elle s'était retournée contre moi, se demandant pourquoi j'étais toujours du côté de l'assaillant. Elle aurait aimé me voir la défendre bec et ongles. J'avais bon dos de la prendre pour une folle, elle qui était plus lucide qu'un scalpel. S'ils voulaient l'empêcher de peindre, autant l'euthanasier sur-le-champ, m'avait-elle dit en menaçant d'arracher ses cathéters.

Ses mains commencèrent à lâcher le pinceau glissant entre ses doigts. Puis elle s'endormait de plus en plus vite, comme une droguée après un fix. Jusqu'au jour où je l'avais retrouvée la bouche grande ouverte, dormant, et faisant des gargouillis étranges, son carnet à dessins ouvert à la même page, et cela depuis une semaine, indice cruel de la dégradation de son état de santé. Son pinceau gisant dans les dernières taches de peinture desséchées.

Et les mots laissèrent place au silence, comme si même la pudeur était devenue impudique. À quelques jours de sa mort, elle aurait mérité le regard d'un homme qui l'aime, pas celui d'un fils, mais celui d'un homme, le sien. Devant sa mort, je n'étais plus que son plus bel accessoire, dans le sens le plus noble du terme.

L'actrice m'entend émettre des doutes sur le scénario quand son portable vibre, elle s'excuse auprès de nous avant de s'éclipser discrètement. Ma femme me lance un regard noir et me traite de connard.

Comment oser critiquer son scénario alors qu'elle m'a fait confiance en m'emmenant avec elle ? Elle a envie de me frapper, je le sens, il y a de la violence en elle, mais contrairement à ma mère et moi, elle n'est pas que verbale. Physiquement, elle peut avoir l'ascendant sur moi. D'abord parce que je ne lèverai jamais la main sur une femme. Je me suis arraché des tee-shirts à gogo, j'ai escaladé des immeubles à mains nues, je me suis hissé sur la table d'un restaurant pour m'excuser auprès d'une ex d'avoir embrassé une fille deux minutes plus tôt, prenant à partie toute la salle pour la récupérer, j'ai cherché une ex dans une soirée, sous LSD et très jaloux, j'ai menacé de me suicider avec un couteau qui ne coupait pas, j'ai pris un avion pour traverser le globe et me prendre une veste à l'arrivée, j'ai vidé mon compte pour faire semblant d'être riche deux semaines, j'ai sniffé de l'héroïne pour accompagner celle que j'aimais jusqu'aux cuves des toilettes pour vomir main dans la main, j'ai caché des papiers compromettants par amour, au risque de me faire arrêter par le FBI, mais jamais, non, jamais je n'ai levé la main sur une femme. Ma femme, elle, n'a pas peur de frapper. Elle est forte, et plus courageuse que moi. Ma témérité se cache derrière mes rêves. Je me suis convaincu qu'être moi me rendait fort et courageux. Et pourtant, je suis aussi inutile que l'appendicite. J'ai épargné le monde de ma partition, me pensant trop bien pour ne pas me retirer, ou trop craintif pour constater que ma participation pourrait ne rien y changer. Répondant parfois aux reproches d'amis très engagés que je l'étais à ma façon, dans ma vie, au quotidien, aidant du mieux que je peux mon entourage, prenant en exemple le migrant devant la grande surface près de chez moi à qui je donne toujours de l'argent, et même ma doudoune North Face, il y a des années. Au final, même mes angoisses existentielles me semblent n'être créées que pour m'aveugler sur mon manque de courage et me faire gagner du temps sur mon inertie. Peureux. Vivons cachés vivons peureux. Mon inutilité me dégoûte, et même le constater me semble être une pose. Écrire sur Maman suffirait à me rendre utile ? Et l'était-elle ? Son art est-il indispensable ? À ce stade de réflexion, il ne resterait bientôt plus qu'Einstein et Moïse de légitimes. Alors, que faire ? Accepter qu'agir c'est aussi prendre le risque de se tromper. L'art est un langage universel qui traverse les époques, dans le meilleur des cas. Il est un témoin essentiel qui laisse des traces. Et ma mère est l'un des fantassins de cette histoire. Mais revenons-en à la violence. En temps de guerre, aurais-je eu l'aplomb d'égorger un nazi ? Peut-être lui tirer dessus, la balle aurait fait le job. Arrêté par les nazis, aurais-je eu le courage de mon grand-père ? Sur le papier, bien sûr, mais se faire arracher toutes ses dents, une par une, et continuer à se taire… Merde, quel courage. Sa douleur est gravée à tout jamais dans mon ADN, et j'espère qu'elle le sera dans celui de mon fils.

L'actrice revient dans la pièce, faisant mine de ne pas être sensible à la tension entre ma femme et moi, elle s'assoit face à nous en s'allumant une Vogue, fouette la fumée devant ses yeux d'une main gracieuse.

— Votre femme ne pourra pas faire son film dans ces conditions. Et je ne serai jamais à la hauteur de la femme que vous avez connue quand je l'incarnerai. C'est pour cela que je voulais vous voir, pour vous prévenir que nous n'allons pas faire un biopic fidèle de votre mère. Non, nous allons la faire découvrir au grand public et il faut que vous passiez le cap vous aussi. Son image sera forcément écornée, et dans ce travail vous n'êtes pas le bienvenu. Je vous conseille d'accrocher un cadre avec une belle photo de votre mère dans le salon, nous, on va faire un film. La garder vivante, c'est moins la respecter, me dit-elle enfin.

Tombant des nues devant cette agression, aucun mot ne sort dans l'ordre. Comme devant mon fils quand il fait une bêtise, en situation d'autorité, la moindre phrase de remontrance se retrouve décousue, sans queue ni tête, provoquant chez lui et sa mère des fous rires irrépressibles. Ils attendent ce moment comme celui d'un spectacle où l'on aime voir l'acteur oublier son texte, se demandant comment il va faire pour s'en sortir. L'actrice et ma femme me regardent dubitatives, et une fois debout devant elles, prenant une pause indignée, quelques bribes de phrases mal fagotées et de grands gestes brouillons accompagnent ma sortie, foireuse.

En sortant de l'immeuble, je tombe sur le producteur rencontré au cimetière, en train de composer le digicode. Surpris de me croiser là, il me dit qu'une star dont il ne peut me dévoiler l'identité vient de lui faire lire un scénario et qu'il vient rencontrer la réalisatrice.

— Bonne chance.

Paris ressemble à une ville déserte. Les immeubles haussmanniens sont si fiers qu'ils semblent éternels. Les lettres du Bon Marché brillent au loin et le trottoir défile sous mes pieds battant la cadence.

Samuel vient de rentrer de l'école et quand il me voit arriver devant sa chambre, il fait un pas en arrière, par réflexe, comme s'il avait peur de moi. Je m'éclipse le ventre noué.

Quand la porte d'entrée claque, ses pas accélèrent en direction de la chambre. Elle entre et sans réfléchir, prend l'une de mes chaussures au sol pour me frapper avec.

Elle s'arrête, le regard vide, devant moi transi, n'osant plus rien dire, me demandant de dégager, en criant. Je lui fais les gros yeux mais elle ne capte pas tout de suite que Samuel est debout devant la porte, qui nous regarde, le visage fermé, repartant se réfugier dans sa chambre.

— Ce n'est pas de sa faute si son père n'a écrit qu'une pauvre phrase de son roman ! Il défend sa mère, tu crois quoi, connard ? « Il n'y a plus qu'elle », mais quel génie !

— Ce n'est pas tant le nombre de pages qui témoigne le mieux du travail que…

— Combien de temps il t'a fallu pour la trouver celle-là ? Et tu m'emmerdes pour ton roman ?

Elle sort son portable de sa poche, nerveusement, fait défiler les sms en cherchant le bon, maladroite, tout en continuant à me parler.

— C'est ça ton roman, connard !? Oui, connard d'écrivain raté !

Et enfin, me lit son sms :

Maman,

Papa était déjà un peu foufou avant de voir des fantômes mais là, il part en couilles, si tu me permets l'expression. Et puis j'ai cru qu'il était en train d'écrire un chef-d'œuvre ! On aurait pu s'y attendre, vu comment il nous fait vivre l'enfer. Mais quand je suis tombé sur la seule phrase écrite : « Il n'y a plus qu'elle », je me suis dit qu'il aurait dû m'engager pour être son nègre. Je suis la Suisse de votre couple, neutre comme du Tipp-ex, je n'aime pas prendre parti, tu le sais… Là c'est trop. Surtout que je pense qu'il veut en finir. Ou plutôt nous faire croire qu'il veut en finir pour que l'on ait pitié de lui. Il se raconte des histoires par peur de s'ennuyer. Il te fait du mal. Si je passe tant de temps sur mon portable, le casque sur les oreilles, c'est pour faire comme les petits singes qui n'ont rien vu, rien entendu et ne parlent pas. Mais je suis là. Je vous vois, je vous entends, je sais qu'il dort dans la chambre du fond. Je pleure parfois dans ma chambre, de rage, de ne rien pouvoir faire pour que cela s'arrête. J'aimerais que la maison redevienne un endroit de paix. Dis-moi si tu as la solution. J'en peux plus. Je t'aime.

Elle remet son portable dans sa poche et m'invite à partir, sur-le-champ. En repassant devant la chambre de Samuel, je le vois dos à moi, regardant la cour intérieure par la fenêtre, probablement trop ému pour me faire face. Dès qu'il quitte mon champ de vision, son absence se fait ressentir. Et sur les quelques mètres qui me séparent de la porte d'entrée, surgit une incroyable langueur à l'idée de partir, comme si j'étais un homme domestique. Une fois dans la rue, la maturité du message de Samuel me saute aux yeux. Sous l'influence de sa mère, avec son interprétation des faits comme seule grille de lecture… Mais dans tous les bons films, le héros est pris pour un fou et sa quête paraît illusoire. Au fur et à mesure du récit, son entourage le lâche et il se retrouve seul avec sa conviction pour dernière arme. La soi-disant victime commence à trahir ses intentions cachées et se dévoile de plus en plus. La frustration créée par ce sentiment et l'incapacité qu'aura le héros de prouver qu'il est dans son bon droit feront que l'on s'identifie à son trajet. Sa seule issue, trouver un complice qui ait l'ascendant sur sa femme.

L'actrice sort de chez elle et s'arrête quelques mètres plus loin pour me demander ce que je fais là. Elle m'avait promis de ne pas faire jouer notre rencontre. C'est pour le bien du projet, me répond-elle en reprenant de la distance. Après un moment d'hésitation, je la rejoins à nouveau. Elle a sûrement mieux à faire que de m'écouter mais cela pourrait concerner beaucoup de monde et pourquoi pas, rentrer dans le domaine public. Bien plus important qu'un film.

— Ma mère est vraiment présente, lui dis-je en brassant l'air autour de moi. Peut-être même en train de nous écouter à l'instant. Je sais, ça vous paraît sûrement délirant mais c'est la vérité. Et du coup, tout s'est mélangé, je voulais d'abord la voir, pour lui parler… Et là, vous voyez, vous avez devant vous un écrivain raté qui n'a pas écrit une ligne, je ne suis rien qu'un raté. Je sens en moi ce devoir d'écrire mais je n'y arrive pas.

L'actrice s'arrête et me demande, ironique, si le monde des lettres va perdre une grande découverte. Il y a tellement d'écrivains improvisés. C'est peut-être l'occasion d'épargner les autres. Elle ne se serait pas permis de me le conseiller mais maintenant que nous sommes dans la confidence, elle me trouvait trop bavard. La plupart des écrivains qu'elle admire sont dans l'incapacité de parler, et de ce mutisme, de cette impuissance à verbaliser naît l'écriture. Elle trouve toujours suspecte la capacité qu'ont certains auteurs à bien se vendre. La conviction avec laquelle elle dénigre mon talent sans avoir rien lu me vexe. Il y a pourtant du génie dans ce que je n'ai pas écrit. Mais le génie ne peut s'exprimer en l'absence de contenu. Si c'était le cas, j'aurais déjà un recueil à mon actif. Existe-t-il beaucoup d'écrivains de génie à n'avoir jamais rien écrit ? C'est l'illusion que m'a transmise ma mère. Ils avaient tous le culte du génie dans sa famille. Mon oncle génie en histoire, ma mère peintre de génie, la sœur, secrétaire de direction de génie. Génie, génie, génie, ils n'avaient que ce mot à la bouche. Dès que je commençais une activité : génie en terre glaise, génie en collage, génie du Lego, génie du violon que, ma foi, je ne pratiquais pas avec virtuosité. À chaque poème écrit, elle s'enthousiasmait et voulait que je le déclame devant un ami venu la visiter dans son atelier. « Lis-lui ! Lis-lui ! » Et à moi, adolescent de treize ans, la feuille tremblante entre les mains, de relire mon poème.

— Météorite, mon canari, dans sa cage, ne peut s'empêcher de cacher sa rage, avec son petit bec en teck, il aimerait tant passer entre les barreaux et s'envoler en haut, pas si haut, mais alors si beau…

— Génie ! criait-elle alors devant son ami dubitatif. Génie ! Génie, je te dis ! Ferme ta gueule, génie ! Cet oiseau, on le voit, on le sent, c'est faussement naïf, comme l'art brut, l'évasion de l'oiseau, mais cet oiseau, c'est qui mon chéri ?

— Eh bien c'est un oiseau.

— Oh ! Encore plus sublime, c'est juste un oiseau, tu entends ce qu'il dit, c'est juste un oiseau, mais oui, mais oui, c'est un oiseau, et tout ce qui t'échappe dans ce texte est là aussi ! Fermez vos gueules !

Ma vie serait celle d'un génie ou ratée. Alors pendant un temps, j'y ai cru, comme à mon espoir d'immortalité. Prince héritier d'une monarchie de l'Excellence, il ne me restait plus qu'à suivre le protocole. Et puis, en grandissant, mes échecs furent d'autant plus violents qu'ils me renvoyaient des signaux contraires. Un peu bon en tout et excellent en rien, et donc acteur, acteur et peut-être l'occasion d'en jouer un, de génie. Comme ce jour où l'on me proposa de jouer Sartre. Mais après m'être entraîné à loucher devant le miroir pour singer son strabisme, je refusai le rôle, de peur de faire glisser le film vers la comédie. Et aujourd'hui, suis-je encore victime de cette course à l'excellence ? Faire feu de tout bois, exister plus fort, jusqu'à se brûler les ailes, pour faire de ma vie une pièce maîtresse, une œuvre incontournable, me permettant de toucher du bout des doigts le génie que je n'ai pas.

L'actrice s'approche de moi, souveraine. D'après elle, si je me suis inventé l'existence de ces fantômes, c'est pour mieux justifier mon manque d'inspiration. Je ne suis peut-être qu'un acteur de série avec une imagination fertile. Elle prétend l'avoir su dès que je me suis assis à côté d'elle, sur les quais, elle sait reconnaître certaines choses, et surtout le mensonge. Elle enlève ses lunettes noires et me regarde. Merde, quels beaux yeux.

— Vous allez où là ?

— Franchement, je ne sais pas. J'aimerais retourner chez moi et retrouver ma femme, mon fils, mais alors amnésiques de ces dernières semaines. Juste être là, avec eux. Mais elle m'a viré de chez nous.

— On en a parlé. Vous n'allez pas bien. Vous lui avez fait beaucoup de mal.

Elle m'invite à venir chez elle. Elle n'a pas que ça à faire d'attendre ma réponse, et réitère son invitation. Elle fait les quelques mètres qui la séparent de la porte de son immeuble, en attente de ma décision.

Plus tard, dans la soirée, elle me sert des pâtes à l'arrabiata qu'elle a préparées. Une bougie éclaire la cuisine, ainsi qu'une lampe basse, au-dessus de la table. Toute question pourrait rompre le charme et la simplicité de l'instant. Invité à jouer dans la cage d'un lion, au moindre faux pas, je pourrais me faire manger et mettre en péril le moment présent. Et pourtant, il me brûle de lui demander ce qu'elles se sont dit avec ma femme. Elle débarrasse la table et met nos assiettes dans le lave-vaisselle, avec soin. Quand elle se penche, je n'arrive pas à m'y habituer, la voir ranger le couvert…

Dans le lit douillet de la chambre d'amis, plongeant mes bras dans la couette encore un peu rigide, le corridor sans fin longe l'appartement, vaguement éclairé par les lampadaires. Ils me rappellent ceux de la place Pierre Bonnard où était situé l'atelier de ma mère. Une petite place ronde, comme dans une toile de Magritte. Une carte postale figée dans le temps où tout ce qui était beau hier devient tendre et morbide aujourd'hui. Elle avait dû quitter son atelier de la rue Jules Vallès, l'immeuble ayant été vendu à des promoteurs, et avait emménagé dans ce nouvel atelier appartenant à la ville de Paris. Le concierge, venu nous saluer, nous avait évoqué le décès de l'ancienne locataire. Et quand il nous en avait parlé, j'avais eu le pressentiment que ce serait son dernier, d'atelier. Il nous l'avait dit à demi-mot, comme un oiseau de mauvais augure.

Quelques années plus tard, elle avait rompu avec Paul, sans lui mentionner son cancer dont elle venait d'apprendre l'existence. Elle ne pourrait plus faire ses courses, lui cuisiner des petits plats, être cette femme au foyer dont le grutier rêvait sans jamais oser se l'admettre.

Un soir, il était venu frapper à la porte de son nouvel atelier qui donnait sur le rez-de-chaussée, complètement bourré, criant son prénom à tue-tête. Ma mère m'avait demandé de me cacher sous l'escalier de la mezzanine et lui avait ouvert la porte, fatiguée d'avance à l'idée de sa visite. Paul lui avait offert un bouquet de fleurs plus grand que nature, composé d'une trentaine de roses, encombrant comme toujours. Elle s'était extasiée, la voix masquant à peine son malaise. Et après s'être mis à genoux, il l'avait suppliée de leur redonner une chance, lui proposant de devenir Mme Ticon, la seconde Mme Ticon, après Martine, la mère de ses deux filles. S'ils se mariaient, il arrêterait de boire et changerait du tout au tout. Il lui avait acheté une bague qu'il avait cherchée dans ses poches, accusant ses collègues de la lui avoir volée, pas crédible pour un sou. Charmée par cette proposition tardive, elle l'avait laissé chercher sa bague jusqu'à l'épuisement, l'avait remercié de lui avoir redonné foi en l'amour, et même si ses tromperies n'avaient pas échappé à sa vigilance, elle ne lui en tenait pas rigueur. Il était un artiste à sa façon, il pouvait réveiller un bar entier et faire de son arrivée un événement. Rien n'était anodin avec lui. Le voir peler ses piments après les avoir fait cuire à la poêle, manger un poulet au four à ses côtés. Même le regarder devant sa télé, silencieux, avait un temps suffi à son bonheur. Elle aimait lui faire ses courses aussi, flâner dans les rayons en choisissant ce qu'il aimait. Après tout, elle n'était pas un cadeau, elle non plus. Une femme qui donne sa vie à l'art n'est pas un cadeau. Si elle n'avait pas été peintre, elle aurait probablement emménagé chez lui pour devenir Mme Ticon, fière de porter son nom, de le voir monter sur sa grue, même à l'aube. Elle aurait été là pour lui, et il méritait de trouver cette femme, celle qui l'attendrait à son retour de chantier. Eux, ils s'étaient payé ce luxe improbable d'être ensemble. Et ce soir, ils repartiraient chacun de leur côté, avec leurs souvenirs, plus forts que tout. Elle l'aimait encore mais ils étaient arrivés au bout du chemin. Assis sur des rouleaux de toile neufs, caché sous la mezzanine, les larmes aux yeux, j'eus du mal à ressortir de ma planque après son départ.

Comme dans un rêve, l'actrice entre dans la chambre et referme les rideaux, vient s'asseoir sur le lit, remonte un peu la couette en dessous de mon menton et caresse mes cheveux. Cela me gêne au plus haut point et pourtant, je la laisse faire. C'est la tendresse d'un geste maternel que je suis venu mendier chez elle ? Elle se lève et sort de la chambre.

Au Luxembourg, une vieille au visage fripé par les années nous montre les postures de tai-chi à suivre, à cloche-pied. L'actrice, ses lunettes fumées au bout du nez, suit ses mouvements avec une assiduité et un calme exemplaires. Les deux femmes ne se laissent pas distraire par ma chute et continuent leurs mouvements, imperturbables. À cloche-pied à nouveau, prenant du plaisir à suivre leurs mouvements et ne plus être qu'un corps en mouvement.

Elle ne me parle pas beaucoup mais je m'y suis habitué. C'est quand elle veut. À moi de faire comme si tout cela était normal. En repartant du Luxembourg, elle me prévient que Park Chan-wook, le réalisateur – entre autres – du film culte *Old Boy*, vient dîner chez elle ce soir. Je lui propose de rester dans la chambre d'amis mais elle me demande d'arrêter de faire des manières, elle n'a pas envie de m'exclure du dîner, bien au contraire, j'y suis le bienvenu. Ils doivent parler d'un projet commun, cela fait un moment qu'ils essayent de trouver le bon pour travailler ensemble.

En rentrant chez elle, sur le chemin, les gens se retournent sur son passage. Une jeune femme, presque en larmes, vient lui demander de signer un autographe, ce qu'elle fait avec générosité. Et moi, je la suis, fier comme un paon.

Park Chan-wook n'est pas très grand et entre dans l'appartement accompagné de sa jeune assistante et traductrice coréenne, Kim. Après s'être serrés fort dans les bras l'un de l'autre, mon hôtesse me présente et la jeune interprète, tout en la traduisant : « Il est acteur, voit des fantômes, et je le protège d'eux. »

Une fois à table, l'actrice remercie Park avec beaucoup de sérénité pour son cadeau, une paire de baguettes en nacre. Il a beaucoup aimé son dernier film et se concentre pour en prononcer le titre dans un français approximatif.

Park me regarde alors en parlant à l'oreille de son assistante qui, un peu gênée, m'explique qu'il aimerait savoir à quel type de fantômes j'ai été confronté. Me voyant intimidé par la question, le regard de mon hôtesse m'accompagne avec bienveillance et une teinte d'amusement. Après leur avoir parlé de mes selfies ratés, Park me tend son Samsung grand comme un plasma et me demande d'en prendre un devant eux. Un peu gêné mais dépourvu devant le regard des trois convives, je me prends en photo et fais glisser le portable sur la table. Le grand réalisateur regarde le selfie et le tend à la jeune assistante qui met instantanément sa main devant sa bouche. L'actrice met ses lunettes de vue pour l'occasion et regarde la photo sans trop comprendre, elle n'a pas l'air de suivre l'enthousiasme de Park.

Intimidé par le regard sévère de notre hôtesse, je leur raconte néanmoins comment, en prenant une photo du père de Svetlana, j'ai réalisé que j'avais affaire à un fantôme. L'homme déambulait au milieu de sa famille et assistait à son propre enterrement. En coréen, mes phrases courtes ont l'air beaucoup plus longues et laborieuses. Park acquiesce en l'écoutant. L'actrice tapote le rebord de la table, ses ongles battent le rythme et son impatience se ressent de plus en plus. Après avoir évoqué Jeanne Masson, la zombie aux cheveux violets, et la médium qui s'est fait arrêter parce qu'elle se servait de la naïveté des vieux, Park me regarde et lâche un grondement.

— Roooooooooooooo.

Il a la bouche pincée et un air enfantin. Le silence plane alors sur le dîner, Park et son assistante me regardent avec une curiosité grandissante tandis que notre hôtesse est agacée, manifestement elle n'y croit pas, c'est évident. Nous finissons le dessert quand elle emmène Park en solo, dans le salon. *Tell me about your next project, Park.*

Park fait un signe à son assistante et nous laisse seuls à table. Elle me fixe de ses deux grands yeux noirs, à vrai dire, elle me fait un peu peur. Je souris mais elle n'a pas l'air réceptive et continue de me fixer. Nous restons là, sans broncher. Après quelques minutes, elle prend l'une des fraises présentées dans un bol et la mange en la gobant jusqu'à ne garder que la tige entre ses doigts. J'en prends une à mon tour et en fait de même, ce qui a l'air de l'amuser. Elle en prend une autre qu'elle gobe et recrache intacte dans sa main, amusée à l'idée de m'avoir bien dupé. Ce petit jeu nous tient sur trois quatre fraises, avant que nous finissions chacun les yeux rivés sur nos portables à surfer sur Instagram.

Après leur départ, j'éteins toutes les lumières de l'appartement et une fois dans le lit, le silence résonne étrangement. Je ne m'y sens plus si à l'aise. Cette soudaine intimité que je ne questionnais pas jusque-là me saute au visage. Pourquoi suis-je là ? Qu'est-ce qui nous lie, elle et moi ? Et pourquoi a-t-elle dit au réalisateur qu'elle me protégeait des fantômes ?

Je pense à la manière qu'a mon fils de dribbler maladroitement au foot, à quand il se mord la langue pour mieux se concentrer sur ce qu'il dessine, aux noyaux de mangue que l'on aime partager jusqu'à s'en cogner la tête. Et à ce mot écrit à sa mère où il se compare aux trois singes de la sagesse. En ne voyant pas, ne parlant pas et n'écoutant pas, ils ne verront pas le mal. Il a décidé de ne voir que le bien. Et puis à la présence de ma mère, comme si elle se refusait à l'idée de n'être qu'un souvenir. Et si les fantômes n'existaient que pour combler le manque qu'ils laissent chez ceux qui restent ? Après tout, mon oubli d'elle serait peut-être la seule manière de la laisser partir.

Le matin, mon portable vibre et sautille sur la table de chevet. C'est mon répondeur, un message de mon agent.

— Tu ne réponds pas à ton agent préféré ? Ça fait longtemps qu'on ne s'est pas parlé, je ne veux pas te déranger, je sais que tu écris. Je fais comme tu m'as dit. J'espère que cela avance, en tout cas j'ai hâte de lire. Un ami t'a vu faire du tai-chi au Luxembourg ! Bon jusque-là, pourquoi pas. Mais alors avec elle ?! J'ai d'abord cru qu'il se foutait de moi. Il a insisté. Je lui ai dit, mais attends, tu es sûr ? Déjà t'imaginer faire du tai-chi ça m'a fait marrer, mais avec une star… ?! Après, je me suis dit que tu avais peut-être un projet secret avec elle… Mais tu m'en aurais parlé… Non !? Tu m'appellerais si tu avais un projet avec elle, on est d'accord ! Il faut qu'on déjeune ensemble, on se fera un petit point comme ça. Appelle-moi dès que tu as ce message.

Et puis… Bonjour à ta nouvelle copine actrice si c'était bien elle !

Après avoir frappé, mon hôtesse entre dans ma chambre, elle porte des lunettes de soleil trop grandes pour son visage et me désigne un petit papier sur la table de la cuisine, elle y a écrit le numéro de l'assistante de Park, il a apprécié mon histoire de fantômes et voudrait me revoir avant son départ pour Séoul.

La voix fluette de Kim résonne dans le hall avant qu'elle ne m'ouvre la porte. Mes épaules touchent les parois de l'ascenseur qui donne directement dans l'appartement. Kim m'y accueille et me demande de retirer mes chaussures et les poser à l'entrée. Park débarque dans le salon, des lunettes noires fumées au bout du nez et une chemise bleu ciel à manches courtes. Il me serre la main fermement et après avoir jeté un coup d'œil amusé en direction de mes chaussettes dépareillées, échange quelques mots en coréen avec Kim.

Assis sur des tabourets hauts, nous mangeons tous trois une soupe aux nouilles. Park parle en coréen à Kim qui traduit. Il aimerait en savoir plus sur la nature de ma relation avec l'actrice. Après lui avoir expliqué qu'elle m'avait hébergé alors qu'elle ne me connaissait pas très bien, Park recommence à manger sa soupe. Ses baguettes battent le rythme contre son bol, pour ponctuer chacune de ses phrases. Il l'apprécie beaucoup et pense que c'est une grande femme, et pas que pour ses talents d'actrice. Il tient maintenant sa baguette droite comme celle d'un chef d'orchestre sur le point de commencer un concert. Elle a un secret, de l'ordre du mystique, il en est convaincu. Me dit-il avant de replonger la tête la première dans son bol. Et si j'étais amené à le découvrir, il aimerait que je lui fasse le privilège de le partager. Cela resterait confidentiel, il me donne sa parole.

Park le fait parfois avec les personnalités qui l'intéressent, il aimerait me filmer, si j'accepte bien sûr. Son studio est dans la cave et Kim se propose de m'y emmener.

Le studio est grand, des costumes sont sur des portants, ainsi que des ustensiles de tout genre et un grand panneau vert. Quand Park nous rejoint, elle a installé des spots et un Canon sur un trépied. Le réalisateur tourne autour de moi, caméra au poing. Il ne voit plus la lumière sur mon visage, déçu de ne pas retrouver son jouet comme il l'a laissé. Il s'arrête net et nous demande de garder le silence. Il marche en crabe vers moi en faisant ce petit « rooooo » de satisfaction qui le caractérise, appelle discrètement Kim et l'invite à regarder dans l'œilleton. Elle y jette un œil et me regarde alors comme un animal de foire. Il lui reprend la caméra des mains et s'approche de moi comme un chasseur sur le qui-vive. Il me demande de m'adresser à ma mère, en direct.

— Je ne parle pas à ma mère, il a cru quoi là ? Je ne suis pas un cobaye, c'est quoi ce délire ?

Kim lui traduit. Il sourit et me fait un signe du pouce.

— Il n'aime pas les gens obéissants.

Ce plan est celui qu'il recherche à chaque film. Celui qui capture l'essence même de la vie. À cheval entre la vie et la mort. Je suis son plus beau plan, un homme innocent pris entre les griffes d'un fantôme. Quel bon pitch, s'exclame-t-il : un fils essaye de se débarrasser de sa mère pour ne plus vivre son œdipe et elle revient de l'au-delà pour le hanter. Il est condamné à vivre sous son regard, plus proche de lui qu'elle ne l'a jamais été depuis sa mort. Il rit en l'évoquant et me jure de se mettre bientôt à l'écriture du scénario. Il pense que cela sera une tragi-comédie.

Puis le grand réalisateur déclenche des effets de lumière rouges, jaunes, violets avec une petite télécommande, tout en continuant à me filmer. Je lui demande ce qu'il va faire de ce qu'il filme. Il va le garder précieusement dans sa collection de portraits, me précise Kim.

Il me pose des questions sur mes rencontres avec la veuve, la médium et le père de Svetlana auxquelles je réponds ouvertement, par besoin de me livrer auprès de Park Chan-wook, le Kubrick d'Asie.

Une fois l'interview finie, il me remercie assez froidement et pointe son doigt contre mon torse en commençant à s'exciter, elle traduit.

— Tu es en mouvement permanent, c'est pour ça que tu ne seras jamais heureux là où tu es, et c'est pour ça qu'il est la meilleure opportunité que tu pouvais attendre de la vie, s'il poste la vidéo, tu pourras faire semblant que ce n'est pas ton choix et en récolter les fruits. Tout ce qu'il filme vaut de l'or. Dorénavant tu vaux de l'or.

Puis il s'arrête instantanément de parler, la pression de son doigt contre mon torse a augmenté et me fait mal, il me regarde comme pour m'hypnotiser et sort de la pièce.

Après avoir fini de ranger le studio, Kim s'approche de moi et entoure mon cou de ses petits bras fins.

— J'étais très heureuse de faire ta connaissance. Tu es très touchant.

— Touchant ?!

— Oui. Tu as l'air perdu. Et à ton âge c'est encore plus touchant.

— Ah ben merde, deux coups durs en une phrase, ça fait beaucoup.

— Coup dur ? C'est quoi un coup dur ?

Je suis tenté de lui répondre et repars, aussi désarçonné par sa sentence que par l'interview de Park.

À la sortie de l'école, Samuel fait un signe discret à son ami pour qu'il parte dans une autre direction. Il traverse le boulevard en accélérant le pas, comme pour me semer. Arrivé à son niveau, il m'explique, mal à l'aise, que sa mère lui a demandé de ne pas rester seul avec moi. Elle n'est pas très rassurée. « Papa va mieux », lui dis-je en regrettant instantanément l'utilisation de la troisième personne, donnant une teinte pédagogique ringarde à ma tentative de le rassurer.

Il s'arrête, dos à moi, et se retourne le visage en larmes. L'émotion me submerge et je cours vers lui pour le prendre dans mes bras. Quand il se détache enfin, il essuie ses larmes à la va-vite, pudique, avant d'entrer dans l'immeuble sans se retourner.

De la rue, les numéros rouges de l'ascenseur m'indiquent son ascension du premier au sixième étage. Bouleversé par la vision de mon fils très rarement en larmes, je marche en laissant mon portable vibrer dans ma poche. Plusieurs fois. Après deux trois minutes, la sonnerie de mon répondeur retentit.

— J'étais en rendez-vous, mon assistante débarque dans mon bureau, sans prévenir, je ne comprends pas tout de suite son état d'excitation et elle me colle son portable sous les yeux… C'est dément ! Enfin, j'imagine que tu es au courant mais on est à presque un million de vues là, en quoi ?… En très peu de temps. Tu fais le buzz mec, mais alors là le méga buzz ! C'est absolument génial. Je te jure, tu me tues ! Le téléphone sonne non-stop pour toi depuis ce matin. Et pas que de France. Beaucoup d'Asie. T'as fait un coup médiatique de folie ! Tu peux appeler Park et le remercier si ce n'est pas déjà fait. Il a fait de toi un phénomène. Les Asiatiques sont comme des oufs, on parle du « Français » qui voit des fantômes ! Ça part dans tous les sens ! Mais dis-moi, comment vous avez fait ce trucage de la lumière qui te suit sur la vidéo ? C'est dément ! C'est beau en plus, grave beau ! Tu sais, ça m'a fait un peu penser au *Projet Blair Witch*, on arrive plus à dissocier le vrai du faux. Ça fait vrai, tu vois. Mais rappelle-moi, merde, attention là, tu ne réponds pas à tous les agents qui vont vouloir te faire des propositions malhonnêtes, on est d'accord. Bon j'imagine que t'es un peu sonné, appelle dès que tu te réveilles. Et encore bravo !

Après avoir raccroché, mon téléphone glisse de ma main moite. Une fois ramassé, le souffle court, le nom de mon ennemie s'affiche sur l'écran de mon portable. Mes doigts tapent mon nom sur Google : la vidéo est en ligne et a déjà été vue un million de fois. Sur la vidéo, le halo se déplace selon mes mouvements, s'enroule autour de ma taille, se délie, tombe au sol, puis comme un serpent de lumière, se redresse à nouveau. Sur mon compte Instagram : 10 000 nouveaux venus se sont connectés à mon compte. Parmi les commentaires rageurs : « un acteur de série en mal de notoriété », « Casper a pris un coup de vieux ». La Toile va probablement s'emparer de moi et me disséquer sur tous les comptes Twitter, Facebook et Insta, ils vont crier au génie, au fake, au complot, ils vont se battre à mon sujet, s'insulter, s'insurger, s'en foutre, et demain déjà, un autre monstre m'aura remplacé et je ne serai plus que le has been d'hier, mon image sera souillée, de l'histoire ancienne, et quand je me regarderai dans le miroir, arriverai-je encore à me voir ? À faire abstraction de cette profanation ? À ne pas me rappeler les commentaires d'inconnus comme autant de filtres venant brouiller ma propre image ? J'essaye de m'extirper de ma réalité virtuelle pour me concentrer sur ce qui est devant moi, l'étal d'une épicerie et ses tomates parfaitement alignées, la queue des clients devant une boulangerie, et non pas sur tous ceux qui font de moi la proie du jour.

L'actrice entre dans la chambre et me retrouve allongé dans le lit, les yeux grands ouverts, respirant avec difficulté.

— J'espère que vous ne m'en voulez pas de vous l'avoir présenté. Je pense que si vous vous entourez bien, cette notoriété fulgurante et particulière… Vous pourrez en faire quelque chose de constructif.

Je l'entends repartir, immobilisé sur ce lit comme sur un radeau de fortune.

En consultant ma boîte mail, l'un d'eux est envoyé par mon père.

Fils,

Très bien ton sketch sur Internet. Je t'ai toujours dit de faire des sketches humoristiques. J'étais mort de rire. Le fantôme est bien fait d'ailleurs. C'est toi qui l'as dessiné ? Ça ne m'étonnerait pas, tu dessines bien. Moi ça va, j'ai totalement arrêté le sucre. Je perds 300 grammes par jour. Je ne mange que deux fois, à midi et après à dix-huit heures. Le sucre nourrit les graisses, si tu arrêtes c'est d'une efficacité redoutable. Je ne mange plus que des légumes et du fromage. Rien d'autre. Je me sens beaucoup mieux, je crois que je tiens le bon bout. Voilà, je t'embrasse. Ton père qui t'aime.

Kim m'a donné rendez-vous au café Berry et arrive essoufflée, se tenant à mon épaule. D'un œil espiègle, elle apprécie l'effet que cela fait sur moi et se reprend, avec ses lunettes de soleil trop grandes pour son petit visage rond. Après avoir commandé un déca et une grenadine, elle m'apprend d'un air faussement sérieux que Park a parlé de moi à son ami journaliste coréen très connu, Yoo Jae-seok, une vraie star à Séoul. Ils m'invitent à passer un week-end dans l'hôtel Stanley, situé à Estes Park, dans le Colorado, celui dans lequel a été tourné *Shining*, et ils veulent en avoir l'exclu. Elle me précise qu'il faut battre le fer tant qu'il est chaud, je ne suis pas sans ignorer la fragilité de ma notoriété. D'autant que la moitié des internautes pensent que c'est un fake. Certains m'accusent, entre autres, d'avoir été payé par la production pour faire du buzz autour de la série. Donc c'est maintenant. Un week-end à l'hôtel Stanley. Ils veulent me loger dans la fameuse chambre 217, cela serait rémunéré dix mille euros pour me faire rencontrer de vrais fantômes, enfin de « vrais fantômes », entendons-nous bien, ils veulent surtout profiter du buzz autour de moi. Je finis mon déca cul sec en la regardant dans les yeux, elle sourit de toutes ses dents. Et si j'acceptais ce plan pour fuir la ville et ma nouvelle notoriété. Je lui pose une condition : qu'ils insèrent des images des œuvres de ma mère dans l'émission.

En atterrissant à Denver, le choc des roues contre le tarmac me réveille à l'arrivée. Une fois nos valises récupérées, nous guettons parmi toutes les pancartes celle sur laquelle nos noms seraient écrits. Un gros barbu de type hipster, les bras levés et des auréoles sous les bras, nous attend. Il nous emmène vers la voiture, une coccinelle jaune, celle-là même que conduisait Jack Nicholson dans *Shining*. Kim allume d'emblée le hipster qui, sous ses airs bougons, ne reste pas insensible à ses avances.

Sur les grandes routes sinueuses, les Rocheuses apparaissent au loin, impressionnantes, et la voiture sillonne les mêmes routes que celles du générique de début du film.

Le hipster nous prévient de notre arrivée imminente et après avoir roulé au moins cinq minutes dans une allée bordée d'arbres, nous débouchons sur une esplanade de gravier, devant laquelle se dresse l'hôtel Stanley, suranné, impressionnant, tout en bois blanc. Un pygargue à tête blanche plane dans le ciel et quelques drapeaux américains hissés sur le toit flottent au vent. Le hipster sort de la voiture et nous ouvre les portières sans nous laisser le temps de le faire. Le journaliste Yoo Jae-seok se plante devant moi, enthousiaste, portant des lunettes carrées, une raie hitlérienne et un costard blanc. Il se présente en me faisant un « check » et m'appelle le *French ghostbuster*, se retournant vers une nuée d'assistants clones qui rient de sa blague, comme des poussins demandant la becquée. Il me donne rendez-vous dans la soirée pour le dîner et un assistant m'indique le numéro de ma chambre.

En entrant dans le vaste hall, la concierge, une vieille dame au visage carré et à la frange nette, me donne la clé de la 217 avant de m'accompagner le long du corridor qui nous mène vers la chambre. Une fois arrivés, elle me précise que je peux la contacter en cas de besoin et ne me lâche pas du regard jusqu'à la fermeture de la porte. Ses pas s'éloignant sur le tapis font des bruits sourds. Par la fenêtre, le parc faisant face à l'hôtel dans lequel le labyrinthe de *Shining* a été reproduit exclusivement pour les besoins de l'émission. Je prends une bière et un paquet de cacahouètes dans le minibar. L'air froid pénètre la chambre, vivifiant, et au loin, des bribes de conversation en coréen dénotent avec la vue sur les Rocheuses.

En ouvrant l'armoire pour y ranger mes habits, les voix d'un couple en pleine engueulade, provenant de la chambre voisine, puis plus rien, et enfin, des gémissements. Je referme les portes de l'armoire pour ne plus avoir à les entendre. Ils me rappellent les jours heureux, avec ma femme en vacances à Barcelone, dans une chambre d'hôtel. Nous nous étions engueulés à propos de Freud. Je lui avais dit que le fait qu'elle ne l'aimait pas était anecdotique à côté de ce qu'il avait écrit. Et elle s'était déchaînée, m'accusant de l'empêcher de ne pas l'aimer alors qu'il avait maltraité sa femme, s'était tapé sa belle-sœur et avait poussé Charcot à opérer des femmes pour soi-disant les soigner de l'hystérie. Mais comment pouvait-elle relire l'histoire uniquement par le prisme de l'histoire des femmes ? Qui serait épargné par cette relecture ? Elle s'était indignée et m'avait rappelé que le droit de vote ne datait que de 44, qu'elles ne pouvaient avoir un compte bancaire à leur nom que depuis 1965. Et là, juste pour gagner, je m'étais indigné, prétendant être une femme moi aussi, ce qu'elle m'accorda bien volontiers, se prétendant elle aussi à moitié homme. Moi je ne lui parlais pas de la Shoah tous les matins et oui, j'aimais certains auteurs condamnables, quand l'œuvre n'en portait pas les stigmates, oui je pouvais détacher l'œuvre de l'homme, on ne referait pas l'histoire mais il fallait la faire avancer. On ne pourrait pas devenir instantanément amnésiques, tous ensemble, aux grands classiques qui nous avaient marqués au fer rouge. Elle m'avait menacé de lire *Mein Kampf* alors. M'emportant, j'avais exigé qu'elle arrête de jouer à la conne. Et après tout, lire *Mein Kampf*, tiens pourquoi pas, par intérêt, pour comprendre comment a pu naître l'horreur. J'allais me l'acheter sur iBook le soir même. Chiche, me dit-elle. Et Freud n'est pas Hitler ! lui avais-je crié en pleine face. Elle me décrivait un Freud de magazine people quand je lui opposais *Le Rêve et son interprétation* et *Totem et Tabou*. Elle m'avait accusé de ne même pas les avoir lus. Et là, comme dans toute engueulade, arrive ce moment de mauvaise foi où la question n'est plus d'être honnête mais d'avoir le dernier mot. *Le Rêve et son interprétation*, je n'en avais lu qu'un condensé, mais *Totem et Tabou*, merde, l'inceste dans certaines tribus africaines !! lui avais-je dit en me réfugiant dans la salle de bains pour ne pas avoir à développer. En effet, il y a bien longtemps, j'avais lu quelques chapitres de *Totem et Tabou* qui m'avaient subjugué au point de refermer le livre avec le sentiment de l'avoir lu. Il m'arrive de parler de livres, d'auteurs, de films que je n'ai pas lus ou vus avec la conviction de l'avoir fait. N'est-il pas légitime de se raconter l'histoire d'une femme croisée dans la rue, imaginant son passé avec la certitude d'avoir su percer à jour son identité, sa vie ? Au final, que l'on s'invente un monde ou que l'on prenne ce qui existe pour argent comptant, cela ne revient-il pas au même ? La pauvreté de nos arguments eut raison de nous et notre engueulade ne fit que dévoiler notre manque de connaissances sur le sujet. Mais comment ne pas vouer un culte à celui qui avait mis le doigt sur le complexe d'Œdipe ? Et puis après, nous avions fait l'amour, histoire de rejouer la comédie des vacances. Nous avions passé la journée tout nus. En la regardant se déplacer dans la chambre pour se prendre une bouteille d'eau dans le minibar, les cheveux en désordre, lâchés sur son visage gonflé et enfantin, je réalisai à quel point elle était tout pour moi. Et pourtant je m'efforçais de le nier, ce qui coulait de source nous mettait en danger. Comme si le cours naturel de la vie devait être rompu et qu'il fallait toujours m'y préparer. Nier ce besoin d'elle, vital, comme si mon attachement était inavouable. Pour conjurer le sort aussi, comme avec ma mère, feindre l'indifférence et ne pas se laisser gagner par l'indécence des sentiments à profusion. Je devais tourner autour du pot comme un satellite autour d'une planète, jouer encore et encore, comme s'il fallait toujours que les choses soient faillibles pour qu'elles subsistent. Et pourtant, elle assurait pour deux, comme si elle seule pouvait lire à travers moi. Nous avons fini la journée avec moi dansant sur le lit, le sexe tendu comme une guitare électrique, et l'autre main grattant des cordes invisibles, suivant le rythme d'un vieux morceau des Beatles. Et puis nous avons bu un verre de vin, assis devant la fenêtre ouverte donnant sur un grand boulevard barcelonais, plein de vie. Ce visage, le sien, celui de l'amour, en avait effacé tant d'autres sur notre route. Alors pourquoi et comment en sommes-nous arrivés là ?

Dans le grand corridor de l'hôtel, une famille de touristes me regarde avec une excitation non dissimulée à l'idée de voir en moi un fantôme local. Le repas est très arrosé et Yoo m'explique le déroulé du week-end tout en me montrant des images vidéo de mon installation, dix caméras permanentes ont été installées dans la chambre 217, mais aussi dans les corridors de l'hôtel, et ils rajouteront des effets spéciaux à la palette graphique, comme des portes qui claquent, en post-production. Très vite, ils parlent entre eux et j'en profite pour me lever de table, après les avoir salués.

De retour dans ma chambre, je découvre la vieille concierge assise dans le fauteuil proche de la fenêtre. Elle me fixe de ses grands yeux noirs, intimidants. Elle se lève, arpente la pièce en caressant les parois des murs. Elle est arrivée dans l'hôtel en mai 1978, à l'époque du tournage de *Shining*, invitée par un ami maquilleur qui lui avait proposé de passer quelques jours logée à ses frais, pour assister au tournage. Elle s'était très vite intégrée auprès de certains membres de l'équipe et avait passé des soirées mémorables. Notamment celle où Nicholson, complètement bourré, avait fini par rejouer la scène de la hache, la faisant virevolter dangereusement devant l'équipe au spectacle.

Elle se prend le visage entre les mains, émoustillée au souvenir de sa rencontre avec Ben, un jeune stagiaire régie avec qui elle avait entamé une liaison. En parallèle de son idylle, elle avait pu assister à la plupart des scènes cultes du tournage, observant en cachette le maître travailler. Kubrick était un ours et ne riait qu'aux blagues de Nicholson, complètement dans son rôle, imprévisible à tout moment, qu'elle croisait parfois errant dans l'hôtel en pleine nuit, les cheveux ébouriffés. Une nuit, Ben était rentré du tournage ensanglanté, tombant au sol, elle s'était jetée sur lui terrifiée et il s'était relevé en se marrant. Il revenait de la scène où les vagues de sang envahissent les couloirs de l'hôtel et s'en était badigeonné le corps pour l'effrayer. Après avoir piqué une bouteille de rhum à la déco, Ben et elle avaient passé la nuit à la belle étoile, dans le décor du labyrinthe encore en construction. Elle s'approche de la fenêtre, fixe le ciel, et changeant radicalement d'attitude, me confesse que Ben l'a trompée avec une fille des costumes, avant de la larguer. Elle est retournée loger chez son ami maquilleur, inconsolable. Voilà, fin de l'histoire, « the end ». Quand j'essaye d'en savoir plus, elle se frotte les mains nerveusement contre sa robe, prétexte qu'elle ne veut pas me déranger plus longtemps et sort.

Le lendemain matin, un jeune homme roux et hautain a remplacé la concierge au visage carré et alors que je suis sur le point de lui demander où est sa collègue, Kim se précipite vers moi et m'enjoint de la suivre, nous sommes en retard sur le programme de la journée.

Une maquilleuse me prépare et une costumière me propose un vieux pull, identique à celui que portait Nicholson dans *Shining*. La production a de l'argent à jeter par la fenêtre, ils ont affrété une machine à neige pour recouvrir tout le labyrinthe.

Le petit Coréen qui joue mon « fils » a dix minutes d'avance sur moi. Au signal, me voilà lancé dans le labyrinthe. La fausse neige entre dans ma bouche et après une heure de course pour essayer de rattraper le gamin, je retombe sur le même cameraman, face à moi.

Impossible de distinguer les corridors les uns des autres, même en sautant sur place, les buissons sont trop hauts et je n'y vois rien. Me laissant tomber au sol, à bout, les herbes chatouillent mes narines. Les pieds des cameramen tournent autour de moi dans une valse de baskets, des bribes de phrases décousues, comme une fréquence que je capterais mal et qui viendrait de loin. Après m'être relevé, pris d'un accès de rage, je fonce dans les buissons, croise un cameraman qui s'écarte sur mon chemin, des branches griffent mon visage au passage, déchirent mon pull, et la face en sang, hors d'haleine, je ressors du labyrinthe, tombant sur l'équipe qui m'applaudit. Le petit jouant mon fils est en train de lécher distraitement une glace, avec sa petite frange, il me regarde, moqueur. Yoo vient vers moi et Kim traduit, mal à l'aise.

— Ils bougeaient les blocs du labyrinthe selon tes déplacements, la seule solution pour t'en sortir était de faire ce que tu as fait. Casser la logique du labyrinthe. You won the game.

Une fois dans ma chambre, une nuée de Coréens rangent les blocs du labyrinthe dans leurs camions, comme un Lego géant, et laissent place au jardin devant l'hôtel, déserté et encore recouvert de la fausse neige, comme si tout cela n'était qu'un rêve.

Le jour du départ, mes bagages sont prêts mais j'ai beau actionner la poignée dans tous les sens, la porte de ma chambre ne s'ouvre pas. Mon œil se tourne vers les caméras de surveillance de l'émission, excédé. L'eau du robinet se déclenche, dans la salle de bains. En y entrant, je ne suis pas loin d'avoir un arrêt cardiaque en tombant sur la concierge qui détaille les traits de son visage, proche du miroir, ne se préoccupant pas de ma présence. Après avoir refermé le robinet, elle me regarde, l'air grave, et reprend très spontanément son histoire à l'endroit même où elle l'avait interrompue.

Le lendemain de sa rupture, elle était sortie de l'hôtel, désespérée, avait marché des heures durant jusqu'à se perdre, et arrivée au pied d'une montagne, avait commencé à la gravir. En pleine nuit, endormie sous un arbre, elle avait été réveillée par un loup en train de lui laper le visage, avec sa grande langue chaude et la buée sortant de sa gueule. Transie de peur, elle avait refermé les yeux, et après avoir frotté sa patte contre elle et l'avoir reniflée, il était reparti. Au réveil, la marche était de plus en plus pénible, la nature avait repris le dessus, lui faisant presque oublier son chagrin d'amour. Elle s'était retrouvée devant un gouffre. Le ciel gris, le vent contre sa peau glacée, son corps tanguant sous des rafales de plus en plus puissantes… Elle interrompt son récit et me regarde. J'ose à peine lui demander comment elle s'en est sortie, du bout des lèvres. Elle sourit tristement, hésite à me répondre, comme si cela lui coûtait.

Ma tête est sur les genoux de Kim qui me caresse les tempes et esquisse un sourire de soulagement en me voyant revenir à moi. Après m'être relevé brutalement et avoir constaté que la concierge n'était plus dans la salle de bains, j'exige de voir les enregistrements des caméras de surveillance. Kim m'apprend qu'il n'y avait personne dans la chambre ce matin, je parlais seul face à la fenêtre avant de perdre connaissance. Sans plus attendre, je quitte la chambre et cours le long du corridor sans fin, et une fois dans le hall, exige de voir la concierge, la grosse dame au visage carré et sa robe « old school ». Le jeune roux à l'air hautain me répète qu'il est le seul concierge de l'hôtel et que personne ne correspond à la description. Agacé par mon insistance, il demande du soutien à ses employés. L'équipe est présente et les caméras de l'émission s'approchent pour filmer l'esclandre. Je ne suis pas fou, cette femme m'a accompagné dans la 217. Ils sont plusieurs à me tenir, hurlant, perdant le contrôle. Kim nous a rejoints et Yoo, le journaliste, jubile devant la scène, en bon businessman. Tous me regardent comme un fou et Kim me rappelle, prévenante, qu'il faut que je prenne mon taxi si je ne veux pas rater mon vol.

— Tu vas rentrer chez toi. Ta vie va reprendre. Comme avant. La voiture t'attend, me dit-elle en glissant une enveloppe d'argent dans la poche intérieure de ma veste.

Le taximan, un vieux black aux cheveux grisonnants, patiente dans le hall, prend mon sac et l'emporte pour le ranger dans le coffre de sa voiture, une vieille Buick dans laquelle il m'invite à entrer. En prenant le chemin bordé d'arbres pour rejoindre la route, Yoo et ses petits assistants me saluent en faisant de grands gestes. Et tandis que l'on s'éloigne des Rocheuses, le taximan a du mal à se concentrer sur la route. Un peu intimidé, il me confie qu'il connaît la femme dont je parlais. Ou plutôt, il l'a connue, il y a bien longtemps. Ses yeux me fixent dans le rétro. Cela fait longtemps qu'il se sent seul. Seul à la voir, rajoute-t-il pour préciser sa pensée. Il a soixante-quinze ans, me dit-il très fier, attendant une réaction de ma part qui ne vient pas. Il la voit parfois, dans le hall, dans le grand jardin, errer seule, avec ce visage triste, comme si elle ne s'en était jamais remise. Mais il n'en parle jamais, ce ne sont pas des choses que l'on peut partager. Et puis il y a eu ce drame. Son suicide ou un accident, on n'a jamais su au final. Et la production a étouffé l'affaire. Elle ne faisait pas partie de l'équipe et ils ne voulaient pas que cela vienne entacher l'histoire du tournage. Il se retourne vers moi pour s'assurer que je l'écoute. Après un temps, il allume la radio, résigné devant mon silence, et une vieille chanson de country de Kris Kristofferson passe dans la voiture, *Sunday Morning Coming Down*. Arrivés à l'aéroport, il me prend la main, la sienne est froide.

— Une fois que l'on entre en contact avec ceux d'en haut, cela ne passe pas. Il faudra vous y faire. Mais vous n'êtes pas seul. Vous n'êtes pas seul, me répète-t-il, solennel.

Après l'avoir payé sans lui demander de monnaie en échange, je sors de la voiture et me dirige vers l'entrée de l'aéroport, en accélérant le pas. Sa vieille Buick est toujours en stationnement et son visage est tourné vers moi, il ne me lâche pas du regard.

À mon arrivée, Charles de Gaulle est presque vide. L'air de Paris me fait l'effet d'un seau d'eau glacée en pleine face, les chauffeurs de taxi qui attendent les clients comme des cadors, avec en première ligne, ceux qui vous accostent avec leurs têtes de mafieux, tout le monde a l'air d'être au-dessus de son propre quotidien, et en regardant les allées et venues devant l'aéroport, j'ai l'impression d'observer une colonie de fourmis en pleine activité.

Me remettre de mes émotions et du voyage avec un ballon de rouge entre les mains dans un petit rade proche de l'appartement de l'actrice, voilà ce qu'il me fallait. Le vin n'est pas un grand cru mais cela fait partie de son charme. À quelques mètres, le patron demande fermement à un client bien éméché de régler son ardoise et la discussion s'emballe. Sa voix me semble familière et en prenant appui sur le comptoir, le client, jusque-là de dos, se retourne. Sa voix éraillée, ses cheveux blanchis, sa bouche fuyante et ses yeux bleus perçants, difficile de ne pas le reconnaître, même avec quinze ans de plus. Je m'approche de lui mais il reste indifférent à ma présence, complètement saoul. Quand il m'entend prononcer son prénom, Paul se stabilise et me détaille autant qu'un homme dans son état est capable de le faire. Sans me reconnaître, il reprend sa discussion avec le propriétaire de plus en plus remonté. Je propose de régler l'ardoise et sors accompagné de Paul qui ne tient plus sur ses jambes.

Arrivés boulevard Malesherbes, nous descendons du taxi et une fois appuyé contre la porte de son immeuble, revenant progressivement à lui, ses yeux me transpercent, et même s'ils sont déjà mouillés par l'alcool, l'émotion monte à mesure qu'il me reconnaît. Sa grande patte de grutier usé par les années de boisson, comme celle d'un vieux lion, vient s'abattre tendrement sur mon visage. Il me sort un « putain » surgi de ses entrailles, n'en revenant pas de me revoir. Le John Wayne sur le tard s'est transformé en vieux poivrot, avec cette étincelle toujours présente au fond de l'œil. Un peu gêné que je le voie dans cet état, trop ému pour parler, il me propose de monter dans son deux-pièces pour boire un verre. En arrivant, c'est sa présence qui me saute aux yeux, elle joyeuse, apportant un plat du four de la cuisine au petit salon, toujours avec la même table ronde et la même nappe cirée. Et cette odeur de vieux bois qui plane sous les toits, toujours aussi présente. Avant même qu'il ne me parle, je lui propose d'aller acheter un poulet et de nous cuisiner le dîner de ce soir. Dans les allées du supermarché où elle allait lui faire ses courses, un peu essoufflée mais si heureuse, chaque produit me ramène à son souvenir, ému jusqu'au choix d'un tube de harissa.

Attablés devant mon poulet à moitié réussi, il mange comme un enfant que l'on nourrit, pas très bavard, devant la télé allumée, comme si nous ne nous étions jamais quittés. Son silence me permet de faire revivre tous ces instants passés à leurs côtés. Et puis, sans avoir tout avalé, il s'enquiert de ce que devient ma mère. En apprenant sa mort, il se relève comme un ressort, retrouvant une énergie perdue, tape sur la nappe de rage, mord son poing fermé, la scène frise le comique mais je retiens mon rire face à sa peine. Il me demande si j'ai gardé toutes ses œuvres, ce que je lui confirme. Et là, il me prend la main à la broyer, et me répète : « Ta mère ! Ta mère ! C'était une grande peintre ! Une grande peintre ! Il y avait la femme, et il y avait la peintre, et la peintre, elle était impressionnante. Très ! Je m'en rappelle, quand elle peignait, elle fermait sa gueule, ce qui ne lui faisait pas de mal, parce que putain… Qu'est-ce qu'elle était bavarde ! » Un fou rire nerveux nous prend, touchés de s'en souvenir ensemble, puis il s'arrête, se rassoit et me demande ce qui l'a emportée. Une fois sa longue maladie évoquée, il braque sur moi les yeux tristes d'un homme qui, ayant perdu de sa superbe, perd aussi l'un de ses grands amours. Hésitant, je lui précise qu'elle l'avait quitté parce qu'elle était malade, ne voulant pas qu'il la sache diminuée. Scandalisé, il se relève à nouveau et me promet qu'il se serait occupé d'elle s'il l'avait su, pas crédible pour un sou mais le pensant du fond du cœur. Il est bouleversé d'apprendre qu'elle s'est privée de le lui dire pour le préserver. Je lui rappelle à quel point elle l'a aimé, et à quel point elle le connaissait aussi, sans lui préciser que j'avais appuyé sa décision à l'époque. Et puis, comme si tout cela était beaucoup trop émouvant, il reprend sa télécommande comme un vieux cow-boy son colt, et zappe, la bouche entrouverte devant les informations, le regard absent. Les yeux rivés vers la télé, il me précise que la porte sera toujours ouverte pour moi. Maintenant que j'ai réglé son ardoise, je sais où le trouver, dit-il en tirant sur sa clope à s'en étouffer.

Il pleuvine et le pavé mouillé donne à la ville cette odeur si particulière, proche d'une tannerie de cuir. Au moment de descendre dans la bouche du métro Saint-Augustin, une silhouette sur l'avenue attire mon attention. Après hésitation, je décide de la suivre, ses jambes, son cul moulé dans ce jean blanc, je ne suis pas loin de voir son visage quand elle accélère le pas et se met à courir vers l'arrêt du bus 22 sur le point de refermer ses portes. J'y entre derrière elle, de justesse, nous sommes mouillés, serrés les uns contre les autres, elle se faufile vers l'arrière du bus, avec moi qui peine à la suivre. À mon approche, la jeune femme se retourne et, me reconnaissant, court pour descendre du bus à l'arrêt. Bousculant quelques passagers avant que les portes ne se referment, je sors à mon tour et me lance à sa poursuite. Au loin, elle entre dans la Fnac Saint-Lazare. Me voyant monter au premier étage, restée en embuscade au rez-de-chaussée, elle en profite pour ressortir du magasin. Dehors, j'aperçois son jean blanc, de l'autre côté de l'avenue, remontant la rue d'Amsterdam. Je traverse en tapant sur le capot d'une voiture pour qu'elle freine à mon passage et me lance à sa poursuite. Essoufflé au milieu de la rue, j'essaye de retrouver mes forces après l'avoir perdue de vue. Mais sa main m'attire pour nous mettre à l'écart, sous le porche d'un immeuble.

Ses cheveux sont trempés, son visage dégoulinant de pluie. Domitille semble très ennuyée de me voir. Je lui demande naïvement si elle n'est pas morte, mais elle ne saisit pas le premier degré de ma question et pense que je me fous de sa gueule. Son mensonge était la seule manière de se débarrasser de lui. Il ne chercherait pas à venir à son enterrement, de peur d'être reconnu par ses proches.

Et notre baiser sur le balcon avait été déterminant, il lui avait ouvert les portes d'autres possibles… l'envie de s'éclater comme une fille de son âge, me dit-elle un peu honteuse. Aussi elle s'excuse d'être entrée chez moi par effraction ce fameux soir. Au moment de repartir de chez Julien, en entendant les pas de sa femme dans les escaliers, elle n'avait pas eu le choix. J'avais apparemment oublié mes clés sur la porte et elle en avait profité pour se réfugier dans mon appartement. Quand elle m'a vu, paniquée, n'ayant pas le temps de m'expliquer l'urgence de la situation, elle était repartie par la porte d'entrée. Si les vivants se font passer pour morts, cela va devenir très compliqué d'y voir clair. Domitille me supplie de ne pas révéler notre rencontre à Julien. Au point où j'en suis, ce mensonge ne devrait pas me poser de problèmes. Émue, et avec une spontanéité qu'il m'est impossible d'arrêter, elle me prend la nuque entre ses mains pour me rouler une pelle d'adieu. Et au moment de nous séparer, alors qu'elle a déjà repris de la distance, dos à moi, je l'interpelle à nouveau pour lui demander si c'est bien elle qui a écrit son journal intime. Domitille me rit au nez. Un journal intime, ce n'est pas son genre. Me dit-elle avant de repartir sous la pluie battant le pavé.

Chez l'actrice, un majordome m'accueille et me débarrasse de ma veste et de mon sac de voyage. Dans le salon, la star n'est pas présente mais il y a beaucoup de monde. Je prends une coupe, les invités restent indifférents à mon passage. Une main effleure mon épaule, et en me retournant, je découvre le père de Svetlana qui se tient devant moi, l'air serein. J'ouvre la bouche d'effroi et il repart aussitôt, sans m'adresser la parole. Les invités sont vieux, en majorité. Au fond de la salle, la médium fume une clope, très animée. Des frissons parcourent mon corps. Est-ce une réunion macabre ? Et si cette rencontre sur les quais avec mon hôte, son accord pour le projet de ma femme, n'était qu'une stratégie pour m'emmener jusqu'ici ? Si c'était elle qui m'avait manipulé, jusqu'à me faire croire que notre rencontre était le fruit de mon audace ? Elle organiserait des réunions de zombies ? C'est sûrement ce que Park ressentait quand il m'a parlé de son secret mystique. Le brouhaha de leurs voix ne fait plus qu'un son. Les mots ne se distinguent pas. Ils ont un langage à part entière. La concierge de l'hôtel Stanley surgit de nulle part, devant moi, me prend par le bras, souriante comme une actrice après une représentation. Elle est désolée de ne pas s'être confiée sur le dénouement de son histoire, elle ne voulait pas avoir à me le dire. Elle m'emmène le long du corridor, ouvre une porte et me pousse dans l'une des chambres d'amis avant de repartir…

Pas besoin de la voir entrer pour reconnaître son odeur, un mélange d'encens et de peinture à l'huile. Mon cœur s'accélère, les larmes jaillissent, indices de son arrivée imminente. Le temps me semble long, cette porte qui s'ouvre au ralenti. Habillée de son poncho, elle entre et me regarde comme un étranger.

— Maman ?

— « Maman, Maman »… Tu me fais chier. Tu m'emmerdes. Tu vas arrêter d'empêcher ta femme d'écrire sur moi. C'est très bien ce qu'elle fait. Qui es-tu pour nous faire chier comme ça !? Moi je veux qu'on fasse un film avec moi.

— J'essaye de protéger ton image…

— Mon image ? T'es sérieux là ? Quelle image ? Celle de ma disparition ? Celle que je n'avais pas de mon vivant ? Je m'en fous de mon image moi. Laisse les gens parler de moi, merde ! Tu es très bien mais tu n'as pas écrit une ligne sur ta mère et tu veux déjà empêcher les autres de le faire !? Tu vois le mal partout, mais ne te crois pas plus malin que la vie, laisse-toi surprendre, merde ! Je suis une artiste méconnue, il faut que l'on parle de moi enfin ! Et regarde-toi, tu cherches à profiter de moi pour te faire un nom ! C'est grâce à moi que tu deviens connu !

— T'es revenue des morts pour m'engueuler ?

— Nia, nia, nia ! Idiot ! Tu crois quoi ? Tu crois que j'allais revenir dans une robe de princesse et te féliciter pour tout ce que tu fais ?

— Non, mais de là à…

— Oh… Quel lyrisme chiant mon vieux ! Ferme-la. Fais l'acteur et laisse-moi être aimée par d'autres. Je me suis totalement libérée de mes attaches depuis que je suis morte.

— T'es dure…

— Égoïste comme pas deux. Jaloux même après ma mort ! Tu crois quoi ? Qu'il faut te féliciter d'avoir acheté ma tombe en faux marbre ? Et tu as mis mon nom en lettres dorées ? Quelle faute de goût, j'aurais préféré une couleur métal, je t'ai pourtant appris le sens des couleurs. Non ? Tu n'as même pas laissé Zoé chanter à mon enterrement, tu sais bien que ça m'aurait fait plaisir !

— Eh bien non, je ne l'ai pas fait parce que je n'avais pas envie. Je n'ai jamais aimé sa voix.

— La barbe ! Tu nous emmerdes. Tu es dictatorial, bourgeois, fatigant, et ton génie, oui, ton génie, eh bien tu l'as noyé dans des illusions. Pète un coup.

Arrête de penser que tu n'es rien sans moi surtout, c'est gênant à la fin. Libère-toi.

— Mais... Regarde, avec l'émission coréenne, ils vont parler de tes œuvres et cela va être vu par des millions de...

— Mais qu'est-ce que j'en ai à foutre des Coréens moi ?

— C'est le marché de l'art, l'Asie.

— Ta gueule je te dis ! Et arrête de faire ta vierge effarouchée dès que je te parle, ça ne marche plus de là où je suis, tout se voit, tout se sait, tout s'entend. Il n'y a plus de faux-semblants. Alors arrête. Je sais très bien que ce que tu appelles de l'amour est en fait de la peur.

— Peur de quoi ?

— Peur d'être oublié. Tu as peur d'être oublié.

— Mais non ! Tu me manques.

— Il va arrêter avec ses mots tendres ? Tu ne me manques pas. Je suis bien, laisse-moi tranquille et laisse les gens parler de moi, de mes œuvres. Tu n'es pas mon gardien.

— Je n'ai jamais dit que j'étais ton gardien.

— Alors fais ton business avec tes amis coréens et laisse les gens m'aimer ! Surtout ta femme, arrête de la diaboliser. T'as pas compris que la vie n'est qu'un entraînement ? Oui, ne me regarde pas avec des yeux de bovin, un entraînement je te dis. Alors arrête !

Elle a un air sévère qu'elle n'avait pas de son vivant. À se demander si c'est bien elle. L'actrice entre après avoir frappé à la porte. Elle aussi est assez sévère.

— Tu viens Sarah ? J'aimerais qu'on répète !
— Oui. J'arrive, répond-elle, fayote.
— Je dois te poser pas mal de questions.
— Bien sûr ma chère, j'étais juste en train de calmer cet idiot qui m'idolâtre pour quoi ? Me garder comme une momie !? Je ne suis pas Ramsès II à ce que je sache !

Elle est sur le point de sortir, revient vers moi. Peut-être pour me prendre dans ses bras… Elle s'arrête à un mètre.

— Et récupère ta femme, idiot.

D'un ton froid, elle exige son trousseau de clés, que je pose sur la table de la cuisine. L'actrice reste silencieuse, se retourne enfin et me demande ce que j'attends pour partir. Cette réunion hier soir chez elle, tous ces gens... C'est... fréquent? Elle prend un temps dont elle seule a le secret et, de sa voix si claire, me dit que j'ai eu de la chance de tomber sur elle. La vie nous réserve de belles surprises certes, mais un acteur de série avec une seule phrase pour tout CV d'écrivain, cela suffisait-il pour qu'elle m'offre son hospitalité? Elle me regarde dans les yeux, comme si elle ne pouvait pas m'éclairer sur les raisons de ma présence ici. Tout est si parfait. Je serai resté son invité. Elle aura gardé tout son mystère. Tout ce que j'ai vécu chez elle est de l'ordre de la magie. Je vais sortir d'ici comme d'un écrin hors du temps.

— Au revoir Vincent.

Dans sa bouche, mon prénom est en cristal. Juste avant de partir, elle me demande, amusée, de lui dire quelle est cette seule phrase écrite de mon roman. Intimidé par la question, j'essaye d'en improviser une autre. Après avoir tordu des phrases dans tous les sens, la seule qui me vient à l'esprit est la plus sincère.

— Ma mère est partie trop tôt, ça ne l'a pas empêchée de me faire chier.

Depuis la rue, sa silhouette se devine derrière les rideaux de la cuisine, et quand ils se soulèvent sous un coup de vent, c'est une autre femme qui se tient à la fenêtre, portant la même robe, exactement dans la même position qu'elle avait quand je l'ai quittée. Je ferme mes yeux, comme si c'était un mauvais rêve dont on a peur de ne jamais se réveiller, et les rouvre, toujours cette autre femme à la fenêtre.

Arrivé au cabinet de Françoise, elle m'embrasse d'entrée. Belle esquive, je ne pourrai plus affirmer que c'est une manigance commerciale. Elle croise ses jambes et je suis trop sonné pour apercevoir sa culotte. Plus je lui parle et plus son corps se stabilise, elle semble retrouver un calme que je ne lui connaissais pas.

— Quand j'ai ouvert l'une de ses boîtes en carton, je me suis dit qu'une vie pouvait se résumer au contenu d'une boîte. « Souviens-toi que tu es poussière et que tu retourneras poussière. » Je pense qu'ils auraient pu rajouter une clause pour les artistes : « Tu retourneras poussière et laisseras peut-être quelques traces indélébiles. » Les artistes passent des vies entières à gagner du temps sur le moment où ils ne seront plus là, pour une postérité probable. Parce qu'on est tous déjà un peu absents. On vivote, on essaye toutes les options proposées par la vie, on baise, on mange, on lit, on rit, on bosse, on discute, on pense et on crève. Nous ne sommes que des prototypes à l'essai. Et il n'y a que quelques pièces de l'usine retenues au final. Après on peut s'en foutre et considérer que l'on a déjà beaucoup de chance d'être là. Mais dès qu'on se pose la question de « qu'est-ce qu'on fout là ? » on est déjà dans la défaite. On prend le métro pour aller quelque part, on s'est donné des actions avec des buts précis, pour se voiler la face. On est touchant au final, on s'encourage à faire si bien semblant. La vérité c'est que l'on pourrait attendre la mort patiemment, assis dans un canapé, est-ce que cela changerait vraiment quelque chose ? Vous me direz : n'est-ce pas la théorie fumeuse d'un branleur ? C'est vrai que je voue un culte à la paresse, j'y vois une forme de révolte audacieuse. Lâcher les armes pour voir si la guerre sera perdue quand même. Une sorte de curiosité suicidaire. J'ai entendu ce qu'elle avait à me dire. Elle a coupé le cordon. Je lui ai épargné les reproches que j'aurais encore pu lui faire. Lui dire à quel point son art était une croix. Comment enfant, j'ai partagé ses déceptions, ses heures d'absence dans l'atelier, la fête pour chaque toile finie et la difficulté à l'exposer. Les collectionneurs qui arrivent dans de grosses voitures avec leurs grands manteaux en cachemire et repartent après lui avoir acheté des œuvres. Les crises de larmes quand ils s'engueulent avec mon père, les crises d'angoisse surtout. Son art, toujours son art. Ses échecs tellement plus nombreux que ses succès et ce déséquilibre à encaisser au quotidien. Parce que l'échec d'un artiste n'est jamais un échec, il n'est que la mauvaise intégration que le monde fait de son œuvre. Donc un malentendu. La regarder être incomprise, toute une vie, y croire à ses côtés, se répéter comme une prière que c'est le monde qui se trompe et non pas elle qui échoue. Nous contre l'incompréhension du monde. La violence de cette incompréhension. Imaginer des ennemis invisibles, ne pas les voir, ne pas les identifier mais les réduire aux passants dans la rue, aux « autres » en général. Marcher avec cette conscience de ne pas être accepté, intégré, tout ça pour son œuvre, plus forte que tout, même plus forte que ce que lui renvoie le marché de l'art. La foi en son génie comme seule religion. Avec le risque de se tromper, que tout cela ne soit qu'une illusion fanatique. Fils de peintre comme fils de dictateur, lavé du cerveau, inculte en art parce que trop dévoué au sien, aveuglé par la beauté de son geste, omnipotent. Avec pour seules images celles qu'elle a créées, comme si le monde c'était ça. Et rien d'autre.

Françoise me sourit tendrement et me fait signe qu'elle ne veut rien rajouter. Nous nous regardons autant que deux individus peuvent le faire sans se parler, jusqu'à ce que se brise le silence.

— Votre mère aura attendu sa mort pour prendre de la distance. Peu importe le timing… Vous y êtes arrivé par le biais de votre imaginaire et c'est peut-être la seule manière possible. Vous chez cette star imaginaire, les zombies croisés, votre amitié avec Brad Pitt, tous ne sont jamais qu'autant de signes pour vous aider à vous en sortir. Et puis votre vidéo sur Internet c'est bien aussi ! Vous faites le « buzz » comme on dit. Peu importe que ce soit réel ou pas.
— Ah donc pour vous, tout ça, c'est scénarisé ?
— Vous préféreriez que je vous dise non ? Ça ne change rien pour moi, ni pour vous. Que vous ayez la foi en ce que vous pensez vivre ou que vous le viviez vraiment, ça n'a pas beaucoup d'importance.

Je me lève, aujourd'hui c'est moi qui ponctue la fin de la séance. Elle prend les billets que je lui donne, sans les compter. Elle s'avance vers moi pour m'embrasser, mais je lui tends la main pour ne pas avoir à lui dire que c'est ma dernière séance. Elle l'a déjà compris.

Quand j'ouvre la porte de l'appartement, Samuel est en train de faire ses devoirs et n'a pas l'air surpris de me voir. Dans la chambre du fond, elle est en train d'étendre le linge. Personne ne me connaît mieux qu'elle. Ma femme savait depuis le début que je n'accepterais jamais l'idée qu'elle puisse écrire sur ma mère. Et plus je m'y opposerais et plus elle me rendrait inaudible aux yeux de tous. Mon ennemie récolterait l'admiration de nos proches en restant avec moi, coûte que coûte, elle serait la femme courageuse, la femme dévouée, dépassée par la descente aux enfers de son homme. Trop lâche pour se l'avouer consciemment et ne pas déguiser son envie sous le couvert d'un sujet tabou, ma mère, me faisant ensuite passer pour un paria, un fou, et cela même aux yeux de mon fils. M'isolant progressivement jusqu'à me mettre à l'écart. Dénigrant mon projet de la faire revivre en se mettant en contre, proposant une version détournée de l'histoire. Détourner, voilà pourquoi elle œuvre. Et puis elle m'a fait croire en l'adultère dans une seconde étape. Bronzé, cocaïnomane, la chemise bleu ciel, tous ces détails détonnaient. Mauvais choix du complice. Mise en scène très pauvre, la fenêtre ouverte à chaque passage devant son immeuble, elle à genoux devant lui, leur sortie mélo sous la pluie. Manque de sobriété. Dommage, cela aurait pu marcher si je n'étais pas cinéphile. Et beaucoup d'autres événements qu'elle a mis en scène en vue de me faire perdre pied et arriver à ses fins : me quitter, sans avoir à me le dire. Après un temps, sans trop savoir quoi dire, elle s'excuse d'avance de me décevoir. Elle m'a juste vraiment trompé, me précisant que « l'acteur » est une vraie personne, peut-être caricaturale, mais bien authentique, je peux vérifier sa fiche IMDb de producteur si mes doutes persistent. En ce qui concerne l'actrice, elle me remercie de lui avoir suggéré son nom, ce serait en effet son premier choix de rêve pour incarner ma mère, mais ce n'est malheureusement pas d'actualité. Me dit-elle, ingénue. Quant au scénario, c'était un acte d'amour, sans autres arrière-pensées. Pour moi mais aussi pour toute l'admiration qu'elle avait pour cette grande dame qu'était ma mère. Si cela me rassure, je peux continuer à échafauder des plans sur la comète, vivre dans une réalité parallèle. Elle est triste de me savoir si loin du réel et m'encourage à consulter. Mon comportement doit être une pathologie identifiable. Ses yeux brillent et une larme coule le long sa joue. Après avoir étendu le dernier tee-shirt, elle se relève. Les deux mètres qui nous séparent sont un chemin. Mon corps est cloué au sol. Le sien aussi. Il y a des regards qui méritent une vie.

Une fois dans la rue, en m'éloignant de notre immeuble, je la vois qui se tient droite sur notre balcon. Elle doit se réjouir de m'avoir fait passer à nouveau pour le parano de service. L'élégance rhétorique avec laquelle elle m'a dégagé mérite mon admiration. Mon portable vibre dans ma poche. La proximité de son souffle contraste avec la distance de son corps qui n'est plus qu'un petit trait lointain sur le balcon. Après tout, chez moi, c'est avec eux. Je ne veux pas refaire ma vie. Une vie ne se refait pas, elle se répète. Je vais rentrer.

REMERCIEMENTS

Merci à ma femme d'avoir assez d'humour pour ne pas déménager.

À mon fils d'avoir préféré lire *La Promesse de l'aube* à mon livre.

Et à ma mère de continuer de me faire chier de là-haut.

Cet ouvrage a été imprimé par
CPI Firmin-Didot au Mesnil-sur-l'Estrée
pour le compte des éditions Grasset
en janvier 2021

Composition réalisée par Belle Page

PAPIER À BASE DE
FIBRES CERTIFIÉES

Grasset s'engage pour
l'environnement en réduisant
l'empreinte carbone de ses livres.
Celle de cet exemplaire est de :
500 g éq. CO_2
Rendez-vous sur
www.grasset-durable.fr

N° d'édition : 21777 – N° d'impression : 160954
Dépôt légal : février 2021
Imprimé en France